尽くしてあげちゃう
TSU KU SHI TE A GE CHA U
トラヴュランス　原作
内藤みか　著
志水直隆　原画
PARADIGM NOVELS 89

登場人物

三津邑愛里（みつむらあいり） 近所に住む幼なじみ。辰也の両親が不在のため、面倒をみてくれている。

矢島辰也（やじまたつや） ごく普通の男子学生。女にモテない、冴えない日々を送っていたが…。

国府田薫子（こうだかおるこ） 辰也のアルバイト先の酒屋の娘。か弱く見えるが、合気道の有段者。

静原亜季帆（しずはらあきほ） 頭がよく、勉強好きの委員長。将来の夢はアメリカ大統領になること。

君島翔一（きみしましょういち） 辰也のクラスメートで悪友。辰也と3人の女の子たちの、行く末を見守る。

睦月知沙（むつきちさ） 辰也が入院していた病院の看護婦さん。誰にでもやさしく、院内でも人気者。

第1章 知沙

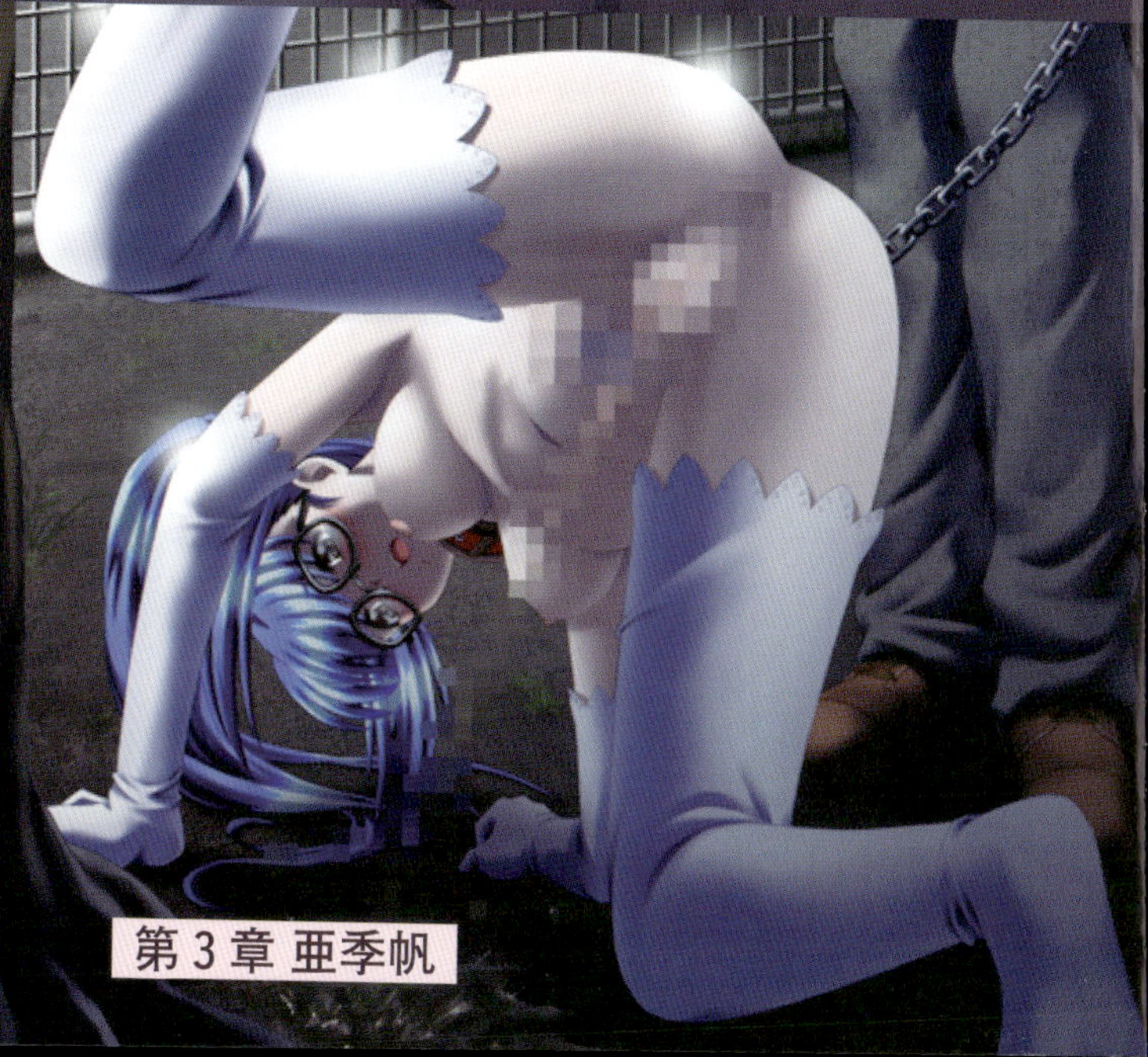

第3章 亜季帆

第5章 愛里

目次

プロローグ

一体何が起こったのか、最初は、矢島辰也《やじまたつや》にも、よくわからなかった。

なにしろ、足をケガして入院して以来、辰也のもとに、毎日のように病室に女の見舞客が訪れてくれるのだ。頭も一緒に打ったので、幻影でも見ているのではないか、と疑ってしまったほどの珍現象である。

しかも……ひとりではない。

見舞いに来てくれる女性が、三人も！　いるのである。

今まで女性にモテたことがなかった辰也にとっては、これは大事件だった。

だが、彼女達の目的が今ひとつ掴《つか》めないので、手放しで喜んでいいものかどうか、戸惑ってしまう。

できることなら「俺って、実は、モテモテだったんじゃん？　ウシシ！」とニヤついてみたいところだが、冷静に考えてみると、彼女達には彼女達なりの理由があって見舞いに来ているわけであって、辰也のことを好きだから、というわけではないようである。

病室にくるのは、同じ学園の、三津邑愛里《みつむらあいり》と静原亜季帆《しずはらあきほ》と国府田薫子《こうだかおるこ》だった。

三津邑愛里は、隣の家に住む、幼なじみの女の子だ。今、辰也の親が旅行で留守なので、親の代わりにパジャマの洗濯などの雑用をこなしてくれている。つまりは助っ人に来ている、というわけだ。そもそも普段から彼女とは軽口を叩《たた》き合うような仲だ。ふっくらしていて女の子らしい体つきの割には性格がキツく、ぽんぽん歯に衣着せないセリフを飛ばしてくる。男と女の仲というよりは悪友という感じだし、向こうもそう思っているだろうから、過度の期待は禁物、というわけだ。

静原亜季帆は、同じクラスの委員長だ。メガネの中のクールな瞳と同じように性格もどちらかというと……冷たい。我が学園始まって以来の天才だとかで、教師よりも頭がいいと言われているような超人だ。そんなに勉強ができるんならどうして学校に通っているんだろう?と時々不思議に思って以前彼女に尋ねたことがあったのだが、

「同年代の人と気を循環させることによって意識の新陳代謝をはかっているからよ」

と、辰也には意味不明の言葉が返ってきただけだった。

そんな彼女がなぜ成績がクラスで最下位1、2を争うような辰也をわざわざ見舞いに来てくれているかというと、

「委員長としての務めを果たしに来ただけよ。我がクラスから留年生を出すなんて、委員長として恥ずかしいでしょ」

とのことである。ただでさえ授業についていけないというのに、一週間もの入院生活でますます遅れをとってしまわないようにとの教育的配慮から、毎日病室に顔を出してくれているらしい……。

そしてもう一人の見舞客は、国府田薫子。彼女は辰也のバイト先である酒屋の一人娘だ。一学年下の薫子は、ぱっと見可愛《かわい》い妹タイプなのだが、誰もが怖れて彼女にアプローチを

かけられない。なぜなら、薫子は合気道で昨年県大会で優勝してしまったほどの腕前だからである……。ちょっと粗相をしたらブン投げられそうで、みんな怯《おび》えているのだ。

そんな薫子が毎日病室にやって来る理由は、辰也にもよくわかっていた。

なぜなら、辰也は彼女を助けるために、ケガをしてしまったからである。

店の裏の空き地で、不良に囲まれている薫子の助っ人として現れ、奴らを追い払ったまではよかった。

だが、その後、暗闇でつまずいてしまい、積み上げられたビールケースに激突。頭の上にビール瓶が束になって落ちてきてしまったのだ……。

薫子は申し訳ないと言いながら、毎日花やらフルーツやらを抱えて、

「早く元気になって下さいねッ」

と辰也に差し出してくるのだ。

その潤んだ瞳を見ていると、

(ひょっとして……彼女、俺に気が、ある!?)

と思い込みたくもなるのだが、彼女の瞳は濡《ぬ》れてはいるものの、申し訳なさでいっぱい……という感じの涙が滲《にじ》んでいるだけである。彼女はなにしろ辰也のケガが治ってほしい、という気持ちでいっぱいなので、好意とかそういうものよりは、本当に純粋に、お見舞い、という感じだった。

プロローグ

こうして三人のことを思い返してみて、辰也はやや、がっかりした。

どの子も、辰也に惚《ほ》れて足繁く通っているわけではなかったから、である。

モテているような錯覚をしてしまっていたが、いざ、ヤらせてくれ、いや、付き合ってくれ、などと言っても、誰もOKしてくれそうにない。

やはり、これは、入院というハプニングが見せてくれた幻想なのかもしれないな……、と辰也はため息をついた。

だが、辰也への好意はともかくとして、そんな三人が、毎日代わる代わる顔を見せてくれたおかげで、辰也は飽きずに楽しく入院生活を過ごすことができた。

しかしそんな賑やかな毎日も、今日で終わりである。

明日の午前中で、辰也はめでたく退院することになったのだ。

まだ、ズレた骨が安定しきっていないとかで松葉杖をついてはいるが、それも数日でとってよい、ということだ。打った頭も、CTスキャンで異状なしとの結果が出て、晴れて辰也はシャバに戻れることになったのだ。

三時の検温の時間に看護婦から退院の知らせを受け、辰也はさすがに嬉《うれ》しくなった。

学校や勉強など、面倒《めんどう》なことも多いが、友達とダベったり、ゲーセンに行ったりしたいし、松葉杖が取れたら、校庭で思いっきりサッカーもしてみたかった。

一日中ベッドに縛りつけられている生活から解放される喜びを誰かに伝えたい……と思

ったところで、
コンコンッ！

と、病室のドアが鳴った。

「退院が決まったんだって？　おめでとぉッ！」

と愛里が顔を出す。

「なんで知ってんだよ」

「今、ナースステーションで看護婦さんに教えてもらったの」

平然と愛里は答えた。両親が旅行に行っている間、辰也の身内としてあれこれ立ち働いているので、すっかり看護婦さんも愛里を辰也のいいなずけか何かだと思いこんでいるらしく、

「お似合いのカップルね」

などと言ってくる人もいた。違うんです、といちいち言い訳するのも面倒だったので、辰也は放っておいたのだが、愛里は、

「ほんと、なんか洗濯やら病人の世話やらで、家政婦にでもなったみたい。カップルなんかじゃないわよ、ったく」

と、いつも、ぶつぶつ文句を言っている。

いつもだったら辰也も切り返しているところだが、今回は本当に世話になっているので、

何も言えず、

「悪いな……」

なんて殊勝なセリフを弱々しく吐いてしまっていた。

「ま、しょーがないよね。幼なじみのピンチとあっては、助けてあげないわけには、いかないでしょう？」

愛里はたれがちの瞳でにこっと珍しく可愛らしい笑みを作った。

「愛里……」

その笑顔があんまりキュートだったので、辰也が思わず身体を起こしかけたところで、

「……たっちゃんは、彼女もいないし、世話してくれそうな女って、あたししかいないんだもん。さすがに見捨てられないでしょ～」

とキツい一言が飛んできた。

（こういう毒舌さえなけりゃ、こいつ、モテるだろうに……）

じっとりと愛里を見上げたところで、
トン、トン、トンッ！

……まるで、咳払《せきばら》いのようなノックの音が聞こえてきた。

「……あら、静原さん」

愛里が気づいて声をかける。入ってきたのは、委員長の静原亜季帆だったのである。

「ごきげん、いかが？」

亜季帆はわずかに愛里に会釈をすると、辰也に無表情で問いかけてくる。

「ああ、おかげさまで、明日、退院だよ」

「退院……？」

一瞬、強張《こわば》ったままの亜季帆の顔が、ほうッと柔らかくなった。

「そう……それは、よかったわね……」

信じられないことだが、亜季帆が、辰也に笑顔を向けている。

メガネの奥の瞳が、優しそうに微笑《ほほえ》んでいて、辰也もたじたじになるくらいに慈愛に満ちた穏やかな顔つきだ。

「うっそ〜ッ！　そんなにうれしそうな静原さん、初めて見たッ！」

めざとく彼女の変化を見てとった愛里が甲高い声で叫ぶと、

「わ、私だって、クラスメイトが退院するとなったら、うれしいわよ」

亜季帆はそう言っているが、心なしか、頰《ほお》がピンク色に染まっているような……。

愛里もそれに気づいたらしく、

「静原さんって、まさか……ひょっとして、たっちゃんのこと……？」

と尋ねかけたところで、
トトト……ン、トトト……ン。

遠慮がちなノックの音が聞こえてきた。

「あの……先輩……お元気ですか……？」

おずおずとフルーツの籠《かご》を抱えながら入ってきた薫子は、二人の女が辰也を囲んでいるのを見て、びくッとしている。

「あ、あの……。お邪魔……でした……？」

「いやいや、別に、邪魔なんかじゃないよ、なあ？」

辰也がそう声をかけると、愛里も亜季帆も、黙って頷《うなず》いている。

病室には、気まずい雰囲気が流れていた。

よく考えたらこの三人は、毎日お見舞いに来てくれていたが、不思議なことに時間がかちあったことは今まで一度もなかったのだ。

それが、退院前日に、全員が顔を合わせてしまっている。

なんとなく辰也は、嵐の予感を感じていた。

そして、間もなく、そのイヤ〜な直感は、的中してしまったのである。

「あ、あのさ、退院決まったよ。明日なんだ……」

喜ばしい話題を出して、空気の流れを変えようとした辰也に、

「え〜ッ、ホントですか！　よかった〜ッ！」

薫子は心から感激した風に歓声をあげた。

だがしかし、

「〝私のために〟、こんなことになっちゃって、本当にすみませんでした……」

と余計な一言を付け加えたがために、再び病室の中に女同士の火花が散った。

薫子は別に意識して発言したわけではないのだが、結果として愛里と亜季帆を挑発してしまったのである。

「……たっちゃん……」

低く、静かな声で、愛里が言葉を発した。瞳の中に、こころなしか怒りが含まれているような気さえ、する。

「パンツ出して。汚れたパジャマもよ」

パンツ、と聞いて後ろの二人がびくん、と一歩引いたところを、愛里は振り返ってニヤリと確認した後、

「〝いつものように〟洗濯してきてあげるから……ッ！」

と言い切った。そして、辰也のベッドの脇に置いてあった汚れ物袋を手に取ろうと、愛里が移動した途端、ずい、と亜季帆が一歩前に出た。

「矢島くん」

普段より少し、声色が優しい。いや、どちらかというと、猫なで声に近い感じだ。

「授業でわからないことがあったら、なんでも聞いてね……」

プロローグ

そしてちらり、と他の二人に目線を送った後、自信ありげに、

「私、矢島くんの成績アップのためなら、〝なんだってしてあげる〟わ」

と宣言した。頭がいい彼女でないと、こんなセリフは言えない。

平均点程度しか取っていない愛里と薫子が、悔しそうに俯《うつむ》いている。

薫子は、特に、今にも泣きだしそうな顔をしていた。

なにしろ、愛里と亜季帆は彼女より一学年上の先輩なのである。薫子がいくら合気道が強いといっても、年上女には逆らえないらしい。

しばらくは二人の迫力に圧倒されて、何も声を発せずにいた。

そして、くるり、ときびすを返し、病室を出ていってしまった。

「か、薫子？」

辰也は慌てて後を追おうとしたが、何分松葉杖がないと動けない。

どこかで泣いたりしていなきゃいいが……と心配していると、十分もしないうちに戻ってきた。

しかも、手には、むきたてのリンゴとメロンが載った皿を持っている。

「えへへ。ナースステーションでフルーツナイフ、借りてたんです」

薫子は辰也のベッドの側《そば》のパイプ椅子《いす》に腰を降ろすと、リンゴに刺さっているヨウジを摘み、にっこりと天使のような微笑みを伴いながら、

「はい、先輩、〝あ〜ん〟ッ！」

と差し出してきた。

思わず、反射的に口を開けてしまった後で、辰也は思いきり照れた。

女の子から「あ〜ん」してもらうことなんて、初めてだったからだ。

心なしかリンゴは、甘酸っぱい味がした……。

「……へえ、いいご身分ね、たっちゃん……」

「ほんとほんと、モテる男は、ただ寝ていれば、なんでもしてもらえる、ってワケね……」

冷たく、トゲのある目線とセリフが、次々に辰也に突き刺さってくる。

「あ、あのさ……」

背中にどっ、と冷や汗をかきながら、辰也は、

「ほんと、感謝してるよ、みんなには。見舞いに来てくれて、サンキュー……な？　俺、本当に毎日、嬉しかったんだよ」

と、取りあえず礼を述べた。

「……」

「……」

「……」

三人は一瞬黙り、お互いの顔を見比べ合った。

多分、彼女達は、自分だけが、辰也を見舞っている、と思いこんでいたのだろう。

だが、この、一見冴えない男に、実は他の見舞客もいた、ということで、どうもプライドが傷ついたのか、それとも闘志が燃え上がってきたのか……。

何か、大騒ぎが起きなければいいが……。

三人が一斉に口を開いたような気がして、辰也は身を縮めた。

と、その時、

「ん、んんッ！」

と咳払いが後ろでした。

緊迫した情勢だったので、ドアがノックされたことも、誰かが入ってきていたことも、誰も気づかずにいたが、看護婦の睦月《むつき》知沙《ちさ》が、そこに立っていた。

「矢島さん、湿布交換の時間ですよ～」

鈴の鳴るようないたわりのある声で、彼女が近づいてくる。

そして、三人の見舞客を見渡し、

「申し訳ないですけれど、あまり長時間のお見舞いは、患者さんの負担になりますので」

と、帰宅を促してくれている。

「矢島さんは明日退院ですから、今日は安静にさせてあげてください……ね？」

年上の白衣の天使にこう諭されては、彼女らも帰らざるをえない。しかも、知沙は顔は涼しげな美人だし、スタイルも出るところは出ていてバツグンだ。女は、とても勝ち目のない人に対しては、あっさりと負けをみとめるらしく、反抗もしなかった。

しぶしぶ、ぞろぞろ、と病室を後にしている。

だが、捨てゼリフ（？）も忘れては、いない。

「たっちゃんッ！　退院したらなんかオゴッてよね？」

「矢島くん、退院したら、一緒に図書館で勉強よ？」

「先輩、退院したら、また、うちでバイトしてくださいね？」

そのどれもに辰也は曖昧《あいまい》に頷きながら、手を振った。

そして、バタン、とドアが閉まった途端、ほう〜ッ、とため息をつく。

「すごくモテるのね、辰也くんって」

知沙が感心したような声をかけながら、ケガした足の包帯を解いている。

「助かりましたよ。ありがとうございました……」

辰也は、知沙に頭を下げた。あそこで彼女が三人を追い払ってくれなければ、いったいどうなっていたことだろう、と思っただけで、冷や汗がまた出てきてしまう。

「なんだか大変そうだったから……」

知沙は、クスクス笑いながら、

「で、どのコが辰也クンの本命なの？」

と尋ねてきた。

「そ、そんな、どれも彼女でもなんでもないですよ。友達です」

「ウソ。見ればわかるわよ、どのコも辰也クンのこと、すごく好きそうだったじゃない」

「……」

否定しようとしたが、辰也は黙りこくった。

彼女達は気がないものだと思っていたのだが、あの火花の散らし合いを見る限り……。

やはり、辰也に多少は気があるようだった。

(俺なんかの、どこがいいんだ⁉)

自分でそんなことを思うなんて情けなかったが、事実、今までモテた経験など皆無だったのだから、仕方がない。

「俺もよくわかんないんですよ。入院した途端、こんなことになっちゃって……」

「ふふ」

知沙は再びおかしそうに微笑んでいる。

「きっと彼女達、あなたが急に倒れて、それで自分の本当の気持ちに気づいたんじゃないかしら。私もこの病院に勤めて、そんなドラマティックなパターンを何回も聞いているわ。きっと、辰也くんがどれだけ大切な存在か、思い知らされちゃったのね」

知沙は手早く湿布とガーゼを取り替えると、包帯を巻き終えた。

「さ、これで、よし、と。明日は退院ね、おめでとう」

「……ありがとうございます……」

お礼を言いながら、辰也は退院後の生活のことを考え、少しブルーになった。

今日みたいに、愛里と亜季帆と薫子での奪い合いが校内でも引き起こされるのかもしれない、と思うと、その対処法が（モテたことがないだけに）わからないのだ。

それに……あの三人、一緒に廊下に出ていったけど、そこで、

「あなた、たっちゃんとどういう関係？」

「あなたこそ、何？」

などと争っていやしないか、気が気ではなかった。

辰也としても突然の事態なだけに、誰が一番好きか、なんてことは、正直言って、わからなかった。

今まで、誰でもいいから彼女になってくれ〜ッ！と思っていたので、三人の中から選べ、と言われても、混乱してしまうのだ。

「……彼女達がうらやましいわ」

ぼうっとしている辰也に向かって、知沙がひとりごとのようにつぶやいた。

「うらやましいですか？」

辰也は首を傾げた。知沙から見れば、あの三人などガキのようなものだろうに、何がい

いのだろう、若さ、だろうか、と考えていると、

「だって……私は明日で辰也くんとさよならだけど、あの子達は、これから毎日、学校で辰也くんに会えるんでしょう？」

と知沙が切り出してくる。

　女心に慣れていないため、その言葉の真意を推測するのに、辰也はしばらく時間がかかった。結局、知沙が、助け船のように、

「私だって、辰也くんのこと、いいなって思っていたのよ……」

と囁《ささや》いてくる。

　まさか、この美人で、男に一生困らなそうな知沙までもが……？

　驚きで声も出ない辰也に向かって、知沙が、

「……今夜、お部屋に遊びに行っても、いい……？」

と、とろけそうな笑顔で尋ねてきていた。

（俺の部屋に来るということは……。いくら病室とはいえ、ここは個室なのだから、深夜に二人きりになってしまうということで……）

　エッチな展開を期待してしまい、辰也の股間は血を思いきり集めていく。

「ね、行ってもいい……？」

　上目づかいで返事をねだってくる積極的な知沙に、

「いいですよ。いいですけど……」

照れて辰也は口をもごもごとさせてしまっていた。

第1章　ロスト童貞までの長い一日

1

ピンポン、ピン、ポーンッ！

「なにごとだよ……」

鳴り響くチャイムの音に目を覚ました辰也は、時計を見た。

まだ、登校するまでに三十分以上ある。

退院早々、こんな早朝にチャイムを鳴らすのは、一体誰なんだ？

宅急便のオヤジだったら「早すぎンだよッ！」と怒鳴ってやろうかと思ってインターフォンを取ると、

「おっは～ッ☆」

と、元気な声が寝起きの頭脳を直撃してくる。

「……んだよ、こんな朝っぱらから……」

隣の家の愛里だ、とわかると、思いっきり大あくびが出てくる。

「開けて～ッ！」

なんの用なのか言わずに、ドンドンドンドン、とドアを叩《たた》いている。

寝ぼけ眼でカギを外すと、鼻にぷん、と美味《おい》しそうな匂《にお》いが漂ってきた。

「あっさごはんだよ～ッん！」

第１章　ロスト童貞までの長い一日

愛里はバスケットを辰也に差し出している。

そこには、ハムやトマトを挟んだロールパンが三つと、キノコ入りスクランブルエッグの小皿が入っていて、牛乳パックも添えられている。

「なんで、メシなんて……？」

きょとんとしている辰也に、

「だって、たっちゃんのご両親、あと一週間帰ってこないんでしょ？　その間、病み上がりのたっちゃんにコンビニのご飯ばかり食べさせるわけにいかないじゃない」

愛里は朝から爽やかに満面の笑顔を向けてくる。

彼女が朝からこれを用意してくれた優しさに、辰也も少し、ジン、となった。

彼女はダイニングテーブルの向かいに、頬杖《ほおづえ》をついて腰掛け、

「うふふ」

と、もしゃもしゃパンを食べている辰也をうれしそうに見つめている。

「おいしい……？」

「あ、ん、うまいッ！」

辰也は短く頷《うなず》いた。男というのは、ひとたび食べ始めると、ブレーキが効かない。平らげるまでは、会話もままならないのである。

「ごっち！」

辰也が立ち上がると、愛里は、

「一緒に学校、行こ？」

と誘ってくる。すでに彼女は制服姿だ。ベージュのベストと紺のプリーツスカートで、登校態勢は万全である。

「あ……ちょっと、俺、時間かかるけど」

辰也はパジャマ姿でヒゲも剃《そ》っていない自分を見下ろした。

「いいよ。ＴＶ見て待ってるから」

愛里がにこっと笑う。後ろで赤いリボンで結んでいるロングヘアから、ふんわりと花のようなシャンプーの香りがした。

退院後初の登校の朝から、なんだか愛里に尽くしてもらっているが、辰也は悪い気はしなかった。元々彼女は前から口うるさい母親のような存在であったので、あまり抵抗はないのである。それに、やはり、なんだかんだいっても、退院したての辰也のことを気づかってくれているのだから、ありがたかった。

一緒に歩き出してみて気づいたのだが、愛里と登校するなんて、久しぶりだった。

いつも辰也は遅刻ぎりぎりに飛び出して行くので、女と喋《しゃべ》りながら優雅に歩く暇など、なかったのである。

だが、小学校の頃は毎日肩を並べて歩いていたこともあり、特に違和感はなかった。

愛里は朝だというのに、のんびりと猫を見つけてしゃがみこんだり、近所の家の庭をのぞいて花を眺めたり、と歩いている。早めに出るとこんなに気持ちに余裕があるのか、と辰也は内心驚いていた。いつも歩いている道なのに、まるで風景も違って見える。

ふと、道の途中まで来て、愛里が振り返った。

「たっちゃん、足、大丈夫？　つらくない？」

「あ」

自分が松葉杖をついていることを思い出し、辰也は立ち止まった。

「痛くなったら、いつでもあたしに掴《つか》まってね。割と力持ちだから、遠慮しないで」

愛里は照れ臭そうにそう、ぽつんと呟《つぶや》いた。

彼女がゆっくり歩いてくれているのは、ひょっとして自分の足を思いやってのことなんだろうか……。

そんな気がして、辰也は胸が熱くなった。

入院で少し弱気になっていたせいもあり、人の親切が

随分と、胸に染みる……。

だが、教室に着いた途端、じろりん、とキツい目線を感じて、辰也はしゃきん、と直立してしまった。

委員長の亜季帆が、並んで登校してきた愛里と視線をかち合わせている。

「おはよう。退院おめでとう」

クールにそう声をかけてきてはいるが、亜季帆の表情はあまり面白そうではない。

まあ、いつも面白くなさそうな顔をしているような彼女ではあるのだが、今日は特に、不機嫌そうである。

「……朝っぱらから、仲がいいのね」

と、チクリ、隣のクラスに行こうとしている愛里にトゲを刺してくる。

「そ。朝御飯を一緒に食べた仲だもんね♡」

負けじと愛里も言い返してきた。

辰也はなんのフォローもできず、その場で固まっていたのだが、周囲の皆も、驚きのあまり、声もでないようだった。

なにしろ、特に目立たず、平凡な男であったはずの辰也を巡って、クールな委員長と、愛里とが争っているのだ。亜季帆はクールなお姉さまタイプだし、愛里は明るくて活発だから、どちらも男子に人気がある存在である。一体何事か、とクラスの連中もかたずを飲んで成り行きを見守っていた。

そこへ、薫子もクラスを覗《のぞ》きに来て、

「きゃ☆　せんぱーいッ！　退院おめでとうございますッ！」

と、歓声をあげた。相当に嬉《うれ》しかったのだろう、周囲の目も忘れ、薫子は瞳を潤ませている。

「ほんとに、すみませんでした。〝私のために〟こんなことになって……」

「あ、あは……そんな、薫子のせいじゃないよ。気にしないで。もう、俺は元気だから」

なだめるように彼女の背中を撫《な》でる辰也を、じっとりと愛里と亜季帆が睨《にら》んでいる。

その途端、始業のチャイムが鳴らなければ、辰也はピンチに陥るところだった。

「……おい、すごいモテてるな」

席につくと、前の席の君島翔一《きみしましょういち》が振り向いてきた。

「俺にもよく、わかんないんだよ」

「お前……どこまでいったんだ？」

ワイ談が大好きな翔一は、ぶしつけにそんな質問をしてきたが、辰也は苦笑して、

「キスもしてない」

と正直に答えた。

「フーン、ヤッてないのか？　もったいないな。俺だったら、あんなに迫られたら、絶対ヤるけどな」

翔一は首を傾げた。そして、

「どんな男にも、一生に一度だけはすごくモテる時期があるっていうからな。今のうちに満喫しておいたほうがいいんじゃないか？」

とからかってくる。

「いや、そんな、俺は……」

やっかみ半分の翔一の言葉に、辰也は口ごもった。

確かに三人の女に囲まれるのは、悪い気持ちではない。どの子も嫌いではないのだし。

だが、三人の争いを見るのは、さすがに疲れてきた。辰也はなるたけ中立の立場を取り、険悪にならないよう、フォローも入れなくてはならず、気が抜けないのだ。世のモテモテイケメン達は、日頃こんな苦労をしているのか、と思うと、頭が下がる思いさえした。

それにヤるもなにも……。

辰也は童貞だったのである。

いや、童貞だったら、なおのことサッサといただいちゃえばいいじゃないか、などとどやされそうだが、実は、退院前夜、ショックな出来事があり、まだ、その傷が癒《い》えていないのである……。

看護婦の知沙が、遊びに行くね？と声をかけてくれた時、何かの冗談かと思っていたのだが、本当に深夜彼女は辰也の個室に忍んで来てくれたのである。

消灯後のベッドの上で、薄明かりの下、知沙は優しく、

「辰也くんとの思い出、ほしいな……」

と辰也の股間《こかん》を撫でてきたのだった。

「お、俺……」

彼女の柔らかく温かい手は、いつもは、足の包帯を巻く時だけに、辰也に触れていた。

だが、その時は、温もりはたちまち起きあがってきたペニスの上に重ねられている。

「俺……、童貞なんです……」

撫でられただけで、発射寸前になってしまっているムスコから必死に意識を逸らしながら、辰也は打ち明けてしまっていた。別に言わなくてもいいような気もしたのだが、この暗がりの中では、情けないが、彼女のアソコを手探りで見つけられる自信がなかったのである。

「あら……、モテモテだから、てっきり違うかと、思ったわ」

知沙はそれでも優しい微笑《ほほえ》みを絶やさなかったので、辰也はほっとした。

「おっぱいも……触ったりしたことないの？」

「はい……」

正直に頷くと、

「それじゃ……見せてあげるね……」

知沙はぷちぷち、とナース服のボタンを外した。

白い看護婦の制服の前がぱっくりと割れ、彼女の肌とランジェリーが現れる。

薄いグリーンのレースに包まれた巨大な膨らみが、辰也の目の前に広がった。

知沙は、黙ってブラジャーも上に持ち上げ、乳房を晒《さら》してくれた。

「触っても……いいですか……？」

彼女がこっくりと頷いたので、辰也はおそるおそる手を伸ばして、小玉すいかのように丸々としているバストに触れてみた。

そこには、弾力と柔らかさが同居しているような不思議な感触があった。

「好きなだけ触っても、いいのよ……」

彼女の優しさに甘えて、思いきり指の股《また》を広げて、むにゅッとふたつのおっぱいを掴んでみる。

「あン……ッ」

意外なほど乳房は張っていて、指の中でぽよよん、ぽよよん、と踊っている。

「すごい……すごいですよ」

辰也はそうつぶやきながら、何度も何度も、その触感を楽しんだ。

男の皮膚には決してない優しい手触りに、うっとりして、ついには、谷間に顔を埋めてしまった。

「辰也くんたら……」

知沙もまんざらでもないらしく、辰也の頭をなでなでとしてくる。

母親にさえ、こんな風に扱われたことは、ここ数年以上、ない。

照れ臭いような、それでいて無性にうれしいような感触がして、辰也は彼女に抱きつきながら、おっぱいに頬ずりをした。

つん、と勃起《ぼっき》している乳首を唇に含んでみると、

「あ、あん……ッ！」

病室の外に聞こえないように、と微かな声で、知沙が喘《あえ》ぐ。思いきり吸ってやると、苦しそうに、だけど気持ち良さそうに身悶《みもだ》えしていく。

「……あン、いっぱい、濡《ぬ》れちゃった……」

彼女がしきりに太腿《ふともも》をもじつかせている。

その奥の泉は溢《あふ》れているだろうか、と辰也はそろそろとパンティーとストッキングを下ろした。ストッキングは、肌にしっとりと貼り付いていて、なかなか下げるのに苦労した。

だが、暗がりの中、ヘアの奥にある部分に手を伸ばし、頑張ってストッキングを脱がせた甲斐《かい》があった、と辰也はうれしくなった。

女性の大事な部分は、しっかりと濡れていたのである。

湿っている、なんてものではなかった。

ぐっしょりと濡れ、蜜《みつ》を溢れさせていたのだ。

「いつでも誰でもこんなに濡れるわけじゃないのよ……辰也くんだから、なんだと思う」

そんなうれしいセリフを囁《ささや》きながら、知沙は、自分の上に覆い被さってくる辰也の髪や背を撫でた。

「もう、入れても大丈夫よ……」

そう言われて、辰也はおずおずと、爆発しそうなほどに膨張している肉茎を取り出した。今触ったばかりの、濡れた秘壺の中にこれから入るのだ、と思うと、武者震いのように雁《かり》首《くび》が振動する。

「どうやって……入れたらいいですか」

彼女の太腿の中心の濡れている部分にペニスの先端を宛ってみたが、焦りと興奮と、彼女の蜜芯のぬめりとで、にゅるん、と滑ってしまう。

何度か試してみたが、うまく挿入できなかったので、

「暗いから、よく見えないわね」

と知沙がフォローしてくれた。決して童貞だからトロいのね、などと言わないのが、彼女の性格の素晴らしい点である。こんな優しい人で童貞を捨てることができて本当に良かった、としみじみ辰也は感慨に耽《ふけ》りたかったが、事態はそれどころではなかった。

「いいわ、私が入れてあげる……」

その言葉がどういう意味を示しているのか辰也がわかったのは、ベッドに仰向けに転がされてからだった。

知沙が、辰也の腰の上に、ナース服をたくし上げながら、跨《またが》ってきたのである。

「ち、知沙さん……ッ！」

その悩ましい痴態に、辰也は息を呑《の》んだ。

暗闇の中で、一瞬だけ、ぱっくりと割れている紅い肉が光ったような気がした。

知沙はペニスをぎゅっと握り、大きく開いた脚の一番奥の部分に、招き入れていく。

「ほら……入った……」

息を弾ませながら豊満な女体を沈ませていく知沙の色っぽさは、童貞の辰也には、少しきつすぎた……。

「…………す、す、すみません……」

小さな声で、辰也は、現実を打ち明けるしかなかった。

「で、出ちゃいました……ッ！」

ぬるん、としたいやらしい触覚を感じ、全身が溶けるくらいに熱くなった、と思った瞬間、精がどぴゅん、と飛び出してしまったのである。

彼女がまったく、全然、ただの一度も、腰を振ってない、悲惨なタイミングだった……。

……こらえ性のない自分が情けなくて恥ずかしくて。

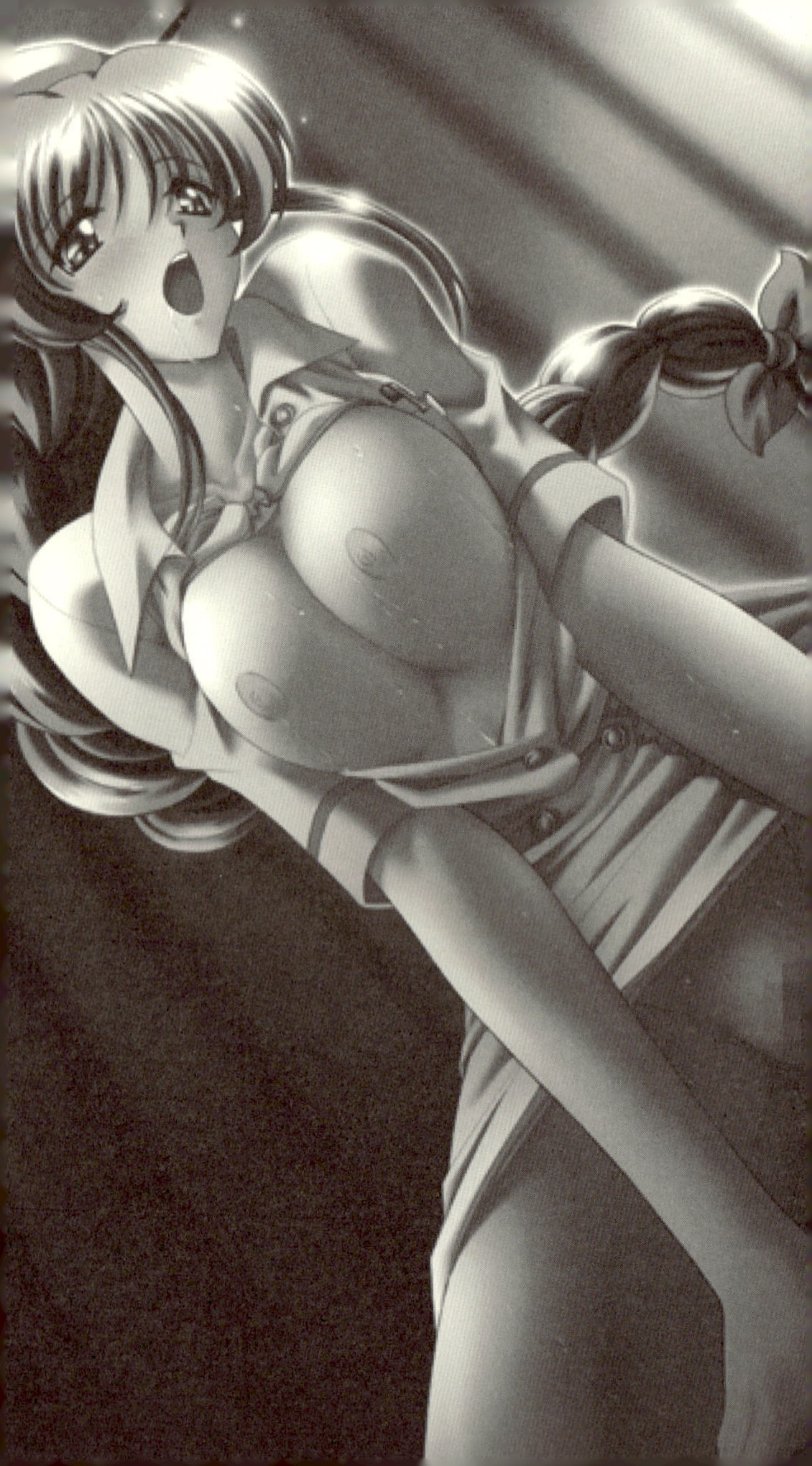

知沙さんは何度も、

「初めてなんだから、すぐ出ちゃって当たり前よ」

と慰めてくれたのだが、なかなか辰也はそう割り切れなかった。

ひょっとして、俺は、早漏なんじゃないか……？とか、考え出しちゃったりして、ひどく落ち込んでしまったのである。

……ほんの二日前のことなのだから、まだその時の心の傷は引きずっている。

だからこそ辰也は、近づいてくる女の子達とエッチに持ち込むほどの行動力を出せないのかもしれなかった。

翔一の言う通り、こんなにモテモテになることなんて、これから先ないかもしれないし、できることならヤり放題、エッチ三昧《ざんまい》、の日々を送ってみたいことは、みたい。

だが……ちょっとオノレの実力に自信がないがために、彼女らの気持ちにうまく応じてあげられないのであった。

せっかくベッドインしても、コスりもしないうちに出てしまう早漏だったら赤面ものだし、女の子だってピストンくらいしてもらわないと、つまらないことだろう。

もう少し、ち○ぽを鍛えてから、だな、と辰也は考えていた。とはいえ、どうやって鍛えたらいいのかなどということは、さっぱり見当はつかなかったのだが……。

2

知沙との恥ずかしい〝童貞喪失未遂事件〟のことなど思い出してしまったせいと、久しぶりにかったるい授業を受けていたせいで、あっという間に午前中が過ぎていった。

病院で規則正しく食事が出ていたせいで、辰也の腹の虫も、正午を過ぎた頃からぐうぐうと鳴っている。

チャイムが鳴り、本来ならば母親お手製の巨大弁当をひもとくところだが、あいにく、親はフルムーンだかなんだかで、二週間もハワイに行ってしまっているところだ。結婚生活二十五周年記念で大枚はたいた旅行なので、遠い日本で息子がケガをして入院した程度では、帰ってきやしない。

おかげで、辰也は本日から約一週間、適当に昼御飯を済ませなければならなかった。

まあ、別にお腹さえ満ちればそれでいいので、購買で何か買うつもりでは、いたのだが。

立ち上がったところで、辰也は自分が松葉杖をついている人間だ、ということに気がついて、ため息をついた。

昼休みの購買部というのは、昼食を求める生徒達が殺到して、殺人的な忙しさである。より早く最前列に到着し、より大きい声で注文を出した者が勝つ仕組みになっているのだ。

今日の歩く速度だと、どう考えても列の最後尾になってしまいそうだな……と思っていた

ところに、
すッ。

と白い手のひらが差し出された。

「何、食べるの？」

と尋ねてきたのは、亜季帆である。メガネの奥の瞳をにこりともさせず、無表情だが、普段よりかなりの早口で問いかけてくる。今が一分一秒を争う時だということは辰也も分かっていたので、千円札を手のひらに載せながら、同じく早口で、

「焼きそばパンとおにぎり弁当とオレンジジュース！」

と叫んでいた。

「矢島くんは先に行ってて」

「行くって……どこにだよ」

「屋上」

有無を言わさずそう言い切ると、亜季帆は駆け出していった。

彼女が走っている姿は、スリムなので、かなりサマになる。

急いでいるせいで、後ろ足を強めに蹴り上げるせいだろう、水色のパンティーが、ちらッ、と辰也の瞳に映った。

亜季帆と一緒に昼食を食べることは、今までも何度かあった。

でも、いつも教室だったたし、色気もなにもないような食事だった。

追試直前の猛勉強をしながらのランチだったので、はっきり言って、味も記憶に残っていない。脳味噌《のうみそ》がひたすら疲労するだけだったのを覚えている。

だが、亜季帆のおかげで、なんとかテストもクリアし、なんとか落第点だけは取らずに今日まで来ているのだから、それも感謝しなくてはならない。

辿り着いた屋上はひどく天気が良くて、抜けるような青空がばーッと目の前に広がっている。ここで昼食を食べるなんてイキな考えの奴はいないらしく、もったいないことに、誰もいなかった。

ひとり空の色を楽しんで佇んでいると、後ろから、

「お待たせ」

と声がかかった。亜季帆が食べ物を抱えて息を切らして立っている。

「はい。頼まれもの」

「サンキュー……ッ、って、俺、オレンジジュース、って言わなかったっけ？」

渡された物は、牛乳だった。

「骨にヒビが入った人は、カルシウムを摂らなくちゃダメよ」

しれっと亜季帆が言い返してくる。

「ところで……なんで屋上に呼び出したんだ？」

まさか……このクールな亜季帆が恋の告白をするために辰也に声をかけてきたわけではないだろう、とは思うが、用事は必ずあるだろうから、おそるおそる問いかけてみる。

「だってカルシウムの形成には、日光が不可欠なのよ。直射日光を浴びるためには、屋上が一番、手っ取り早いでしょ」

亜季帆はそう言いながら、俯《うつむ》いて、ぺり、とサンドウィッチの袋を破り、食べ始めた。照れ隠しのようなその態度を見て、辰也は妙にうれしくなった。彼女なりに知恵を巡らせて、辰也の回復の手助けをしてくれていたのである。

「俺、クラスで一番、亜季帆に迷惑かけてる気がするな……」

そう言った途端、亜季帆のほほが、ばばっ、と赤くなる。

「そ、そうよッ、テストは最低点だし、ケガして休むし、ほんと、世話が焼けるわッ！」

そう一気にまくしたてた後で、

「さ、食べながら、入院中のおさらい、やっちゃいましょ」

とノートの束を取り出してきた。

「マジですか……（泣）」

一気に味気なくなった弁当を口の中に放り込みながら、辰也は小一時間、亜季帆の講義を受けなくてはならなかった……。

「……さ、そろそろ教室に戻りましょ」

一通り個人レッスンが終わり、亜季帆がぱたんとノートを閉じたところで辰也は深々と頭を下げ、床から立ち上がった。

「ありがとうございました」

「いーえ。どういたしまして」

そう答えたが、亜季帆はなかなか足を床に置こうとはしない。

「……どうした？」

「……なんでもないわ。ちょっと、足が、痺《しび》れただけ……」

「へえ」

完璧なまでにスキがないのかと思っていた亜季帆も、時にはこんなドジをするんだな、と思うと、妙に親近感が湧いてくる。

辰也はツン、と亜季帆の足の甲辺りをつついてやった。

「あ！　やだ！」

びくくッ！と足を跳ねさせているのが、可愛《かわい》い。

「もう、やめてよね。そんなことするんなら、もう、勉強教えてあげないから」

「あ、それは困る……。ごめん。じゃ、俺に掴まって」

辰也は彼女に右手を差し出した。

「……大丈夫なの？　掴まっちゃって？　だって矢島くん、松葉杖なのに」

「平気だって。亜季帆のひとりやふたり」

「……」

亜季帆は顔をさらに赤らめながら、おずおずと辰也の手を握ってくる。

ぐい、と力を込めて引き上げてみると、彼女の体重は意外なほど軽かった。

授業中はすごい存在感で、男子や、時には教師さえも圧倒しているのだが、実態は、かよわい女の子、なんだなあ、といまさらながら辰也はそう感じていた。

二人で、なんとなく話題を探しあぐねながら黙って教室に向かって歩いていくと、薫子にばったりと廊下で会った。

「先輩〜、お昼何食べたんですか？」

「ん？　俺？　やきそばパンとおにぎり弁当だけど？」

「え〜ッ、購買のものなんか食べてたんですかぁ？」

「ん、俺、今、親が旅行中だからさ……」

「だめですよ〜ッ、まだ身体が本調子じゃないのに……」

薫子は心底心配そうに、辰也の顔を覗き込んでくる。

「それじゃ、御両親が旅行から帰るまで、私がお弁当作りますよッ！」

「え、そんなの悪いよ」

「いいんです。私がやりたいんです」

そう言いながら、薫子はちろッと挑発的に亜季帆の顔を見た。

「歴代の天才で貧しくて栄養失調気味だったのもいるけど、ちゃんと成功しているわよ」

亜季帆がそう言い返した。彼女はずっと勉強一筋だったので、家庭的なことは得意ではないから、自分が弁当を作る、などということは、決して言わないのだ。まあ、皆で弁当攻勢をしてきたら辰也の胃がもたないので、彼女らのアタック方法が違うのは、ありがたいことではあるのだが……。


放課後も亜季帆女王様、もとい、亜季帆委員長様の居残り特訓を受け、帰宅した時は、すでに午後の七時を過ぎていた。

勉強を教えてもらったお礼に、と亜季帆をファーストフード店に誘ってみたのだが、

「塾があるから」

と断られてしまったので、空腹だった。

ちなみに亜季帆が通っている塾は、普通の進学塾ではない。授業はオール英語の、アメリカのトップ大学受験用の超エリートコースである。なんでも彼女の夢はアメリカ初の女性大統領になることなんだとかで、そのために寝る間も惜しんで勉学しているらしい。

そんな多忙の彼女が、わざわざ時間を割いて見舞いに来たり、勉強を教えてくれたりしているのだから、辰也はいつもおそれ多く思っていたのだった。

買っておいたパスタとパスタソースがあるので、それでも食べて飢えをしのごうと思い、家に帰ると、なぜかカギが開いている。

戸締まりせずに出かけたのかな、と首を傾げながらドアを開けると、中からいい匂いが漂ってきている。よく炒めた玉ねぎと、肉を煮込んでいる香りだ。

「お帰り〜たっちゃん！」

ぱたぱた、と足音をたてながらキッチンから現れたのは、愛里である。

「あのね、たっちゃんのお母さんが帰ってくるまで、あたしが毎日朝御飯と夜御飯は作ってあげるからねッ☆」

そう言って微笑んでいる。

「……」

辰也は声も出なかった。

感激で胸が詰まっているからでは、ない。

そりゃ、愛里の思いやりはありがたいにはありがたいのだが……。

問題は、彼女の格好《かっこう》である。彼女はピンクのサテンの生地のエプロンをしている。縁は白いフリルが付いていてひどく可愛らしいデザインのものだ。

良く似合っているのだが……なぜかその下には、何も着けていない。

「もうちょっと待っててね、今、サラダ作ってるの。今日はビーフシチューだよ」

　ものすごく恥ずかしい姿をしているということは自覚しているはずなのに、愛里は何食わぬ顔をして、キッチンへと引っ込んでいってしまう。

　その時、くるりと背を向けたものだから、こちらが恥ずかしくなってしまったほどだ。

　なにしろ彼女の後ろ姿は、エプロンのピンク色の紐《ひも》しかない。

　あとは全裸だったのだ。

　一本、凛《りん》と筋が通っている背中も。

　ぷるんぷるんと揺れている大きめのヒップも。

　そしてむっちりと肉が付いている太腿も。

　辰也にモロ見え、だったのだ……。

　なぜ愛里がこんなスタイルでいるのかわからなかったが、辰也のオスの本能は思いきり目覚めてしまっていた。

「愛里……」

　後を追ってキッチンに入ると、辰也は後ろから彼女を強く抱きしめた。

「あ……ン、たっちゃん……」

辰也がこう出ることを、愛里は心の中で予測していたのだろう、あまり驚きもせず、

「今、包丁持ってるから、危ないよ……」

とだけ言っている。

まな板の上にはキャベツが乗っている。サラダを作ろうとしていたところだったのだ。

「愛里がいけないんだろ、俺を挑発なんかするから……」

そう言いながら、辰也はエプロンの脇に手を差し込み、彼女の乳房をむにゅり、と握ってみた。

ほどよく実ったおっぱいが、柔らかく手のひらの中で形を変える。

「ああんンッ！」

愛里が甘い甘い声を出す。

子供の頃からずっと一緒に成長してきたが……。

こんなに色っぽい声が彼女の喉《のど》から出るのを聞くのは、初めてだった。

それと同じく、こんなに勃起してしまったモノを彼女のお尻《しり》にこすりつけるのも、初めてである。

「あん、たっちゃんたら、コーフンしてる……？」

愛里が、辰也の首に手を回しながら、ちろり、と振り返った。

「当たり前だろ」

辰也はそう答えて、ごりごりとさらにペニスを押しつけてみた。

「はぁ……んッ！」

愛里はため息をつき、ヒップを左右に振っている。

「愛里も、発情しているんだろ？」

辰也は今度はエプロンを下からめくり上げ、恥丘を軽く撫でた。

手探りだが、ふわふわとしたヘアがそこにあるのが、わかる。

さらに太腿の合間を奥へ進んでいくと、少し湿って熱くなっている部分があった。

「ほら、濡れてる、濡れてる」

一番ぬめっているところが、ぴちゅ、と鳴った。指をその上で跳ねさせていじってやると、

「ああンッ、はあぁ……たっちゃん……気持ちイイッ！」

と、愛里が腰をくねらせてくる。

どう見ても〝エッチOKよ〟の態勢である。

パンティーも何も身に付けていないのだ。一気に挿入しようと思えば、できるはずなのだが、辰也には、どうしてもその勇気がなかった。

先日の知沙での失敗が、ナイーブ（？）な心にまだ傷を残しているのである。

今回も、不意打ちだったとはいえ、すでにペニスはビンビンに反応し、一触即発状態になってしまっている。

またしてもピストンの直前で放出してしまった……なんてことになってしまうことを、辰也は何よりも怖れていた。

愛里に気の毒そうな目線を向けられるのもイヤだったし、今度はびしっとキメてみたい、という男心もある。

だが、自分の身体だというのに、男根のことは、今ひとつ、コントロールできない。

辰也ははやる心を必死で押さえ、冷静な声で、

「さ……お遊びは、これでお終い。服を着ろよ、な？　俺も着替えてくるから」

と二階へ上っていった。

少し淋《さび》しそうにキッチンに佇んでいる愛里の視線が痛かったが、ここで呆気《あっけ》なく彼女と結ばれてしまうのもどうかと思ったので、今回はこれでいいんだろうな、とだんだん戻ってきた平常心で、辰也は考えていた。

3

愛里を隣の家まで送り届けた後、辰也は自宅には戻らず、その足で病院に向かっていた。

別に、治療を受けたいとか、退院後の検査があるとかいうわけでは、ない。

第一、もう時刻は午後の九時近い。面会時間も終了間際で、病院内は消灯に向けて、どんどんと静かになる頃だ。

こんな時間に、治療など、やっているわけが、ない。

辰也がここにやってきたのは、知沙に会うためだった。

彼女は、いつもと変わらず、ナースステーションでカルテを見つめている。三日ほど会っていないだけなのだが、彼女の優しげな横顔を見ると、辰也の胸は熱くなった。

本当は、二度と彼女には会うまい、とも思っていた。

入院最後の日に、あんな風に〝みこすり〟さえしないうちに射精してしまって……。

恥ずかしくてたまらないし、そんな情けない事件のことは忘れたかったからだ。

だが……その失敗は心に重くのしかかっていて、童貞の辰也には、もう、どうすることもできなかった。裸にエプロンという痴態を晒してくれた愛里を襲うこともできないほど、小心者になってしまったのも、失敗が怖かったからである。

知沙は、視線に気づいて、こちらを見た。

辰也の姿をみとめると、驚いてナースステーションの扉を開いてくれた。

ほんの三日離れただけなのに、彼女の心配げな瞳や、艶《つや》やかな大人《おとな》の肌、そして良く似合う白衣が、辰也には懐かしくてならなかった。

「……どうしたの？」

声を潜めて知沙が尋ねてくる。あの時、挿入に失敗しても「いいのよ」と優しく許してくれた、白衣の天使の優しさは健在だった。

「話しづらいことでもあるんなら……私ちょうど今から交代だから、少し待っててくれれば……終わるから……」

と微笑みかけてきた。そして、

「一番奥の401号室。あそこ、今、空いてるから。そこでTVでも観て、待ってて？」

と促された。辰也は黙って頷いた。

いざ退院して現世にまみれてみると、病室が怖ろしく殺風景であるということが、よくわかる。白い壁、白いベッド、白いシーツ、と白ずくめの部屋には、TVだけがぽつんと置いてあった。これを観て時間を潰すしかない、退屈な退屈な一日を過ごしていたことが遠い昔のことのような気がして、辰也はベッドに寝ころんだ。

……いつのまにか、眠ってしまったらしい。

暗闇の中で、誰かが布団に入り込んできたのがわかって、辰也は目を覚ました。

石鹸《せっけん》の香りと共に、

「……起きた？」

という声がした。知沙がそこにいるのだ。

「ごめん、寝てた」

「いいのよ……」

子供でもあやすかのように、知沙は辰也に添い寝しながら、髪をそっと撫でてくる。

「……何か、あったの？」

「うん……」

この優しいお姉さまの前では、隠し事などできない気がして、辰也は正直に打ち明けた。

幼なじみの女の子とエッチしたくなったんだけど、また未遂に終わるのが怖くて、できなかったことを話すと、知沙は愛おしそうに、

「そうだったの……でも、あんまり気にしないほうがいいわよ。誰だって、最初は緊張するもんだし、すぐ出ちゃったり、逆になかなか出なくて焦ったりするんだから……」

と、今度は辰也の背中をなでなで、としてくる。

その、慈愛に満ちた手つきにうっとりと目を細めながら、辰也は唇の端を何度も舐《な》めた。

（知沙さん……俺ともう一度、ヤッてくださいッ！）

そう頼み込みたいのに、うまく、タイミングが掴めずにいたのである。

断られることはないだろう、と思ってはいたが、もしここで知沙に断られてしまったら、男としてのプライドがめちゃくちゃになりそうで、怖かったというのもある。

そんな辰也を見かねて、知沙のほうから優しく切り出してきてくれた。

「私の身体で……練習していく……？」

果てしなく優しい知沙は、再び辰也に身体を開く気になってくれている。

「いいんですか……？」

エッチを期待してここに来たのだが、いざ、そういう展開になると、辰也はなんだか知沙に申し訳ないような気がしてきていた。

「なんだか俺……すごい失礼じゃないですか？　練習させてもらうだなんて……」

見事に童貞を失い、立派に性交できるようになったあかつきには、辰也は愛里を始めとする女の子達とヤりまくるようになってしまうかもしれないのだ。今日だって、愛里とヤろうとしてできなくて悩んで駆け込んできているのだ。

知沙だって辰也を憎からず想ってくれているだろうに、どうしてこんなに寛大な気持ちでいるのだろう、と逆に気になってもしまったのである。

「私、うれしいのよ。だって、辰也くんの初めての女の人って、私ってことになるじゃない？　それって、すごく光栄なことだわ」

さあ……と知沙は白衣のボタンを手早く外していく。

「ハダカになっちゃったほうがいいわよね？」

ブラジャーもパンティーもストッキングも、すべて脱ぎ、ベッドの上に仰向けで寝転び、

「辰也くんも、脱いで……。お互いハダカになって抱き合ったほうが、リラックスできる

ような気がしない？」

と微笑んでいる。突然押しかけたというのに、童貞の自分にこんなに気を使ってもらっているのがありがたくて、辰也は全裸になると、薄暗闇の中に浮かんでいる真っ白な身体の上に重なった。

「あ……あったかい……」

知沙がそう呟いた。辰也も同じことを感じていた。触れているだけで、溶け合ってしまいそうな快感が伝わってくる。

「辰也くん……」

知沙は、再び辰也の背中を優しく上から下へと撫で続けてくる。

「私ね、うれしいの。もう、会えないかと思ってたから。こうしてもう一回、辰也くんとエッチなことができただけで、うれしいの。ほんとよ……」

子守歌のように穏やかな声で、知沙はそう囁きかけてくる。

「知沙さん……ッ！」

深い彼女の愛情に、辰也は胸が熱くなった。できるだけのことをしてあげたくなり、彼女の乳房を強く握りしめていく。

「はあぁ……ッ！」

いつも忙しく立ち働いているからなのか、乳房はボリュームのわりには引き締まっている。弾力ある外向きのバストをもみしだきながら、辰也は少しずつ、頭を下の方へと動かしていった。

太腿を開き、お臍《へそ》の下のうっすらと黒いヘアが生えている辺りに、顔を突っ込んでみる。

「あ……ッ、辰也くん……ッ！」

ヘアのもっと奥の、しっとりした湿地帯に舌をつけた瞬間、知沙が掠《かす》れた声をあげた。

今日一日働いていたのだ。うっすらと汗の香りがする秘処は、すでに甘い蜜を溢れさせている。

「おいしい……。知沙さんの……」

「あン、だめ、シャワーも浴びてないのに……ッ！」

ずずッと強く女汁を吸われ、知沙は身悶えし、辰也の頭をヴァギナから引き剥《は》がそうとした。が、辰也は決して離れなかった。

啜《すす》れば啜るほど、甘酸っぱい恥蜜はいやらしい味になってくる気がして、離れがたいものがあったのである。

「あぁ……ん、あ……」

たっぷり濡らし、これならスムーズに入るだろう、と確信できてから、辰也は彼女の上に覆い被さった。

知沙が、遠慮がちに、だけど、しっかりと、辰也のモノを握ってくる。

「……すごく、固い……ッ」

うれしそうに、頼もしそうに辰也の顔を見つめてくる。そして、そのままゆっくりと、秘壺へと招き入れていく。

先日は、一気に挿入してしまったが、今日は、少しずつ、少しずつ、今度は亀頭、そして、雁首、それから肉幹……という風に徐々に身を沈めさせていく。

おそらく、辰也にあまり強い刺激を与えないように、という配慮なのだろう。

看護婦らしく、ちらちらとこちらの様子を窺《うかが》っている知沙の優しさがうれしくて、辰也はすぐにでもキスをして抱きしめ、腰を思いきり振り立てたかったが、全部が蜜芯に納まるまで、じっとガマンをした。

「入ったわよ……」

知沙が吐息と共に、声をかけてくる。辰也は黙って頷いた。

先日挿入した時は、ほんの一瞬で射精してしまったので、ヴァギナの感触をじっくり味わうような余裕はなかったのだ。

だが……今度は、しっかりと肉茎は女襞の存在に気づいている。

彼女の淫壺の中は、ひどく温かく、愛液でぬるりとしていて、そして、柔らかかった。

柔らかい……というより、ふわふわとしている、という感じである。

だが、そんなにはかなげな肉襞なのに、しっかりとペニスは包まれている、という実感があった。こんなに不思議な触感を今まで知らなかったので、辰也はしばらく、その不思議な心地よさに酔った。締められているようで締められていず、締められていないようでいて、しっかりと締められているような、うまく言葉にできない吸い付きがあったのだ。

「大丈夫そうだったら、動いてみたら……？」

知沙が声をかけてきた。

「うん……」

辰也は短く返事をして、そろそろと腰を引き抜いてみた。動いたペニスにこすられてめくれあがった襞が絡みついてくる。かなり勃起しているからなのか、それとも襞の動きが活発なせいなのか、再びペニスを中に戻した時、少しだけきつくなったような感じがあった。

「ゆっくりで、いいからね……」

知沙に言われるまでもなく、辰也は慎重に、慎重に、動いていた。

せっかく夢のように気持ちのいい空間にいるのだ。

出来る限り長く、この快感を味わっていたいし、そのためには、速度を抑え気味にしておかないと、パンパンに張ったペニスが暴発してしまいそうだったのだ。

だが、オスの本能、とでもいうのだろうか。

そろりそろりと彼女の中を往復しているうちに、辰也は、さらに強く肉の棒をこすりつけたくなってきていた。ぐにゅぐにゅと蠢《うごめ》く襞に、いきり勃《た》ったモノをごりごりと当てたらどんなに気持ちいいだろう、という欲が高まってもくる。

もう……すでに、十往復くらいはピストンしている。

そろそろ童貞気分を捨て、本気で動いても惜しくはない、という気が辰也もしてきていた。

というより、自然と腰が、激しいピストンを始めてしまっている。

彼女の太腿を思いきり左右に広げ、もっと奥へ、もっと奥へ、と貫いていく。

「あぁッ、ああンッ！」

知沙は目を閉じ、恥ずかしそうに、だけど気持ち良さそうに、一緒になって腰を揺すり始めている。

「辰也くん……すごく、上手……ッ！」

はあぁ、と知沙が息をつく。目を閉じ、ああ……という喘ぎ声と共に唇をいやらしく開いている。

普段の看護婦姿からは想像もつかない、淫《みだ》らな彼女の姿に、辰也はぞくぞくしながら、腰を盛んに振り立てた。

ぱん、ぱん、と肌と肌とが打ち合わさる音がするほど淫らにピストンを続けていくうちに、どんどんとペニスが熱くなってきた。

いや、ペニスが熱いのではなく、ひょっとしたら、彼女の蜜芯が火照ってきたのかもしれなかった。

「あ、辰也クン……ッ！　す、すごい、熱いッ！」

知沙もこの熱を感じているらしく、きゅう、とシーツを掴んで腰を震わせている。

その途端に、襞という襞も、きゅうぅ、と辰也の肉棒を締めつけはじめた。

「う……ッ！」

彼女のアソコが精を吸い出そうと、いやらしく絡みついてくる。

それに抗《あらが》えるほどの強靭《きょうじん》な意志は、辰也には、なかった。

「ち、知沙さん……俺……ッ！」

もう、出ちゃいます……とまで言い切ることもできず、辰也は彼女の身体の上に、どうッと倒れ込んだ。

びく、びく、と射精の衝撃で、ペニスが痙攣《けいれん》している。

いや、震えているのは、彼女の襞のほうかも、しれなかった。

ひとつになる、というのはこういうことなんだ……。

頭の中が快感だけで満たされていく感動に、辰也は低く呻《うめ》いて、瞳を閉じた。

第2章　体当たりのあぷろおち

1

今日もヌけるような青空だったので、辰也は屋上にいた。

せっかく薫子が弁当を作って教室まで持ってきてくれたので、もらったほうの礼儀として「一緒に食べようか？」と声をかけてみたのである。

といっても、あまり人の目のないところ……となると、思いつくのは昨日行ったばかりの屋上くらいだったのである。

薫子の弁当は、なかなか見事なできばえだった。

ミニオムレツに、可愛《かわい》いウインナたこさん、それから手作り春巻きに、デザートのお手製ゼリーまで付いていたのである。

しかも、味もおいしかった。

「んまい、ん、んまいッ！」

ぱくぱくと夢中で平らげた後、薫子はとりとめもなく店の話や、父親の話をしてくる。

「……でね、父が、最近もうトシで、腰を痛めちゃったんですよ……。だから、先輩が早くバイトに戻って助けてくれるとうれしいんだけどな、って二人で話していたんです……」

薫子の親が経営している『国府田酒店』は、辰也のバイト先である。だが、入院してからは、まだ一度も顔を出していない。そんな辰也のことを、薫子も、店長である彼女の父

ELEPHANT BEER
ELEPHANT BEER
ELEPHANT BEER
ELEPHANT BEER

も、何も言わなかった。

なぜなら、辰也のケガの原因は、薫子をスタンガン少年達から守ったことにあったからだ。

「まだ退院したばかりなんだし、御両親も旅行中なんだから、完治するまではのんびりしていていいよ」

先日電話をかけた時、薫子の父はそう労《ねぎら》ってくれたので、そのお言葉に甘えて、毎日をのんびりと過ごさせてもらっている。

だが、薫子の方は、辰也に早く職場復帰してもらいたくてウズウズしているようだった。

「先輩ひとりでバイトするの大変だろうから、私もしばらくの間はお手伝いします」

と、ニコニコしている。

「そうだな……そろそろバイト復帰したほうがいいかな。プレステ2も欲しいし……」

頷《うなず》くと、薫子は、

「そうですよぉ～ッ！」

とうれしそうに頷きかえした。

「先輩のいないお店って、ほんと、灯が消えたみたいで……さみしいんですよ……」

可愛く女心を打ち明けてきてくれる薫子が愛おしいはずなのに……。

「ふあああぁ～ッ！」

辰也は眠くてたまらず、大あくびをしてしまっていた。

「ご、ごめん。ゆうべ、あんまり寝てなくて……」

慌てて謝ったのだが、薫子はさみしそうに笑って、首を横に振っている。

辰也は本当に、昨夜、ほとんど寝ていなかったのだ。

童貞喪失の感動のせいもあったのだが、あまりのアソコの気持ち良さに我を忘れて、何歳も年上である知沙さんに抱きつき、

「俺と、付き合ってくださいッ！」

なんて頼み込んでしまったのである。それなのに、知沙は、

「辰也くんのことは好きだけど、私、辰也くんの隣にはもっと可愛い子が似合うような気がするの」

と、やんわりと断ってきたのだ。ＯＫしてもらえるんじゃないか、と淡い期待をしていただけに、ショックは大きかった。まだ学生の身の上じゃ恋人になんてなってもらえないよな、と自分を一生懸命慰めているうちに、夜が白々と明けてきてしまったのである。

回想している辰也の横顔を、薫子がちらっと盗み見している。

今のあくびのせいで、楽しいランチタイムがぶち壊しになってしまったような気がして、辰也は申し訳なくなり、

「ごめんね。うまいメシを腹いっぱい食ったら、眠くなってきちゃったんだ」

と付け加えた。美味い、と言ってもらえたので、薫子の表情も明るくなる。

そして彼女も気が緩んだのか、唇を両手で覆い、可愛く小さなあくびをした。

「あふぅ……。先輩のあくびが移っちゃいました……。私もあんまり寝てないんです」

「まさか……弁当の準備していたせいで睡眠不足……なんてことは、ないよな？」

豪華なランチだったので心配になって尋ねてみると、薫子の頬《ほお》がぱあっ、と、赤くなる。

「薫子だって忙しいんだから、そこまでしなくていいよ」

辰也はますます申し訳なくなって彼女に言い聞かせた。

「いいんです。私、作りたいから作っているんです」

薫子はけなげにそう答えたが、

「ダメダメ。もうすぐ陸上部の大会が待ってるんだろ？　体調をベストに整えなくちゃ」

と辰也は言い聞かせた。

「大丈夫です。私……カゼもひかない丈夫な身体なんですから」

にこッと薫子が微笑《ほほえ》んだところで、昼休み終了のチャイムが鳴った。

「先輩の御両親、今週いっぱい帰ってこないんでしょ？　その間くらい、私にお弁当作り、させてください」

そう真剣に頼まれると、辰也も断りづらく、

「じゃ、無理しない範囲で頼むよ」

とOKするしかなかった。

「よかった。それじゃ、明日もまた教室にお迎えに行きますね」

薫子と並んで廊下を歩いていると、亜季帆とすれ違った。

これみよがしに、きゅ、と辰也の腕に手を回し、

「先輩、お弁当、美味《おい》しかったですかぁ～？」

と可愛らしい声をあげる。ライバルの亜季帆を意識していることが、みえみえだ。

だが、亜季帆はフン、と鼻で笑い、

「矢島くん。昼休みに勉強しなかった分は、放課後に埋め合わせしないと、クラスのみんなに追いつけないわよ。女の子といちゃついているヒマなんか、あるのかしら？」

とイヤミを言ってくる。

いや、イヤミではなく、真実なので、それが辰也には怖ろしかった。

ただでさえ成績は下降気味なのに、そのうえこの入院でますます勉強がわからなくなってしまっているのだから。

悔しいが、今は、亜季帆の特訓に頼らざるを得ないのが、現状なのである。

「……矢島くん、放課後、図書室に来てちょうだい。わかったわね？」

強い調子でそう命じられても、辰也は、

「は、はい……」

と情けなくうなだれるしかできなかったのだった。

放課後の図書室は、人っ子ひとり、いなかった。

普通なら、図書当番の生徒がひとり、受付で座っているものだが、今日はその姿すら、見えない。

「当たり前じゃないの。私が今日の図書当番なんだもの」

辰也の向かいの席に座り、すごい勢いで辰也の出した答えの検算をしながら、亜季帆が答えた。

「あ、そうか、そうなんだ」

辰也はひとり、納得をした。教室でやってもいいような勉強を、どうして今日は図書館でやるのだろう、と不思議に思っていたのだが、それは、彼女が図書館から離れるわけにいかなかったからなのだろう。

「……それにしても、人がいないね」

辰也は辺りを見回した。何十もある書棚には、溢《あふ》れんばかりの本が並んでいるというのに、誰も活用していないなんて、なんだかもったいないような気もしたが、辰也自身、ここに来るのはこれで二回目なので、そんなことを言えた義理ではなかった（しかも一回目は、入学式の後に校内を案内された時に入っただけのことである）。

「今時の学生って、誰も本を読まないのよ」

　亜季帆はしらけた調子でそう答えた。

「亜季帆は読むだろう？」

「私は向上心や知識欲があるから」

　……こんな皮肉も、成績が群を抜いてトップの亜季帆が言うと、サマになってしまう。

「そういえば、亜季帆って、アメリカの大統領になるのが夢なんだよな？」

「そうよ」

「どうして日本じゃなくて、アメリカなんだ？」

「今、世界で一番経済の中心にある国だからよ」

　亜季帆はそう答え、遠い目をした。

「インターネットバブルも弾《はじ》けたことだし、世界経済はこのまま行くと、大恐慌に陥ってしまうかもしれないわ。私が大統領になる時はアメリカ経済が大ピンチの時かもしれないけれど、どうにかやっていくつもりよ」

　言っていることは辰也には半分も理解できなかった

が、なにやら亜季帆が途方もなく大きな夢を持っているということくらいは、わかる。

「いいなあ。亜季帆は、そんなカッコいい目標があって」

辰也はため息をついた。

「俺なんて、将来何になろうかなんてまだ全然決めてないし、夢もないし」

そこまで言って、重大なことに気づき、

「ひょっとして俺、夢がないから、勉強にも頑張れないいんじゃないかな」

と、亜季帆に問いかけた。

「それはあるかもしれないわね。矢島くんも明確なヴィジョンを持てば、成績は飛躍的に伸びるかもしれないわ」

亜季帆は頷き、

「ファーストジェントルマン、なんて、どう……？」

と問いかけてきた。

「……なんだ、それ？」

「ほら、大統領夫人って、ファーストレディーって言うでしょう？　大統領の夫は、ファーストジェントルマンって言うと思うの」

「つまり、俺に、大統領と結婚しろと？」

「そ」

「だって……未来の大統領って、亜季帆のことだろ」

「そうだけど？」

「……あ」

辰也はここでやっと、気がついた。

亜季帆は、遠回しに辰也にプロポーズをしてきたのだ。

「お、俺、遠慮しておくよ。そんな大役、俺には務まらな……」

そう言いかけた時、

「黙って」

亜季帆が腰を浮かせ、辰也の唇を塞《ふさ》いできた。

図書館で向かい合わせの席で、しかも勉強中だというのに、亜季帆は大胆にも、強く、リップを押しつけてくる。

「……矢島くん、あなた、やれば、できるはずよ」

唇を離すと、亜季帆はそう呟《つぶや》いた。

「私が見込んだ男だもの。間違いはないはずなの。一緒に頑張りましょうよ」

「……」

辰也は驚いて声も出せずにいた。

亜季帆の突然のプロポーズも、キスも驚愕《きょうがく》したことはしたが、たった今、彼女がしでかしていることに比べたら、なんてことはない。

立ち上がった亜季帆はブラウスをするすると上に引き上げていっている。

普通の女子高生なら、ブラウスの下にはブラジャーが息づいているはずだというのに、なんと、彼女はノーブラであった。

性的なことにはなんの興味もなさそうな顔をしているわりには乳房は大きく、ぷっくりと丸く膨らんでいる。だが、乳首は胸のボリュームの割には大きくなく、開発されていなさそうな小さな粒が付いていているだけだ。

いつしか、図書室には夕陽が差し込んできていて、彼女の肌をオレンジに染めている。乳房も眩《まぶ》しく輝いていて、辰也は、その神々しさに、声を失っていた。

「矢島くん、見て……」

亜季帆は凛《りん》とした声でそう言うと、今度は、紺のプリーツスカートをめくりあげた。

そこは、普通なら、パンティーが存在している場所のはずなのだが……。

なぜか、どういうわけなのか、縄が、巻かれていた。

腰をぐるりと一周した細い縄は、ウエストの真ん中で一度結ばれ、そして股間《こかん》の方へと回っている。

食い込んだ縄から、何本も、直毛っぽいヘアが、はみ出してもいる。

辰也は、身体を動かすこともできなかったし、目を逸らすこともできなかった。

ただただ椅子《いす》に座ったまま、オレンジ色の光に照らされている恥丘を、見つめるしかなかった。

「矢島くん……。私、綺麗《きれい》……？」

亜季帆は堂々としていて、ハダカを晒《さら》していても、恥じることもなさそうな態度でいたが、声は、少しだけ震えている。

「答えて……。私、綺麗……？」

辰也はなんとか、声を絞り出した。

「もちろん、綺麗だよ」

ぷっくりと膨れた太腿《ふともも》とバスト、それにまだまだ発展途上のヘアと乳首……。どこかアンバランスさのある思春期の肉体は、夕陽のせいだけでなく、ひどく眩しかった。そしてその魅惑的な肢体の持ち主が、ずば抜けた頭脳の持ち主である亜季帆だということが、また、辰也の興奮を誘った。

「よかっ……た……」

美しいという評価を受け、亜季帆は安心したように、ほぉ、とため息をついた。

「なあ……どうして、縄で縛ってるんだ？」

辰也は思いきって尋ねてみた。すると、

「私、いつも学校ではノーパン・ノーブラでいるのよ」

という驚くべき答えが返ってきた。

「アメリカ初の女大統領として、頭だけでなく、色気もきちんと備えておきたいから、いつも自分の身体に緊張感を与えていたいの。だから、時々こうやって、縄で刺激を与えたりもしているのよ」

「……」

秀才の考えることはよくわからないが、すべては、夢のため、らしい。

「矢島くんにだけは、見せてあげるわ」

「え……ッ」

「ただし、成績が上がった時の、ごほうびに、ね。触ったって、いいのよ。だから、ファーストジェントルマン目指して、頑張って」

亜季帆はそう微笑する。だが、瞳はいつになく濡《ぬ》れているし、声にも、艶《つや》があった。

「亜季帆……」

辰也はごくん、と唾《つば》を飲んで、彼女の身体を見つめた。

自分だけがこんないやらしい亜季帆を知っているのだ、と考えただけで、辰也の股間はすっくと勃《た》ち上がってしまう。ついでに、身体まで起き上がり、彼女を抱きしめようと、自然と動き出そうとしている。

そんないやらしいことをしてはいけない、と頭ではわかっているのに、身体はふらふらと亜季帆に歩み寄っていってしまう。

手を伸ばせば、乳房が掴《つか》める位置にある……。

勝ち誇った表情の亜季帆の前で、どうしようか、とためらったその瞬間、

「……なにしてるの？　二人とも？」

と、辰也の背中で声がした。

2

愛里が後ろに立っていたのだ。

「あ、愛里、いつのまに……」

「……」

愛里は、返事もしないで、ただ、じっと、亜季帆を見つめている。

辰也の前で、乳房も、股間の縄化粧も晒している大胆な行動を見て、どうしたらいいのかわからず、先程の辰也と同じように、しばらくぼんやりと突っ立っている。

「……な、何してるのよ、学校で。いやらしいわ」

やっと唇を開いた愛里からは、そんな、軽蔑《けいべつ》するかのような、だけど心の底ではどこかその大胆な行動を羨んでいるかのようなセリフが流れた。そして、昨日、自分も裸にエプ

ロンという肌見せ奇襲攻撃を辰也にかけたことを棚に上げて、亜季帆のことを睨《にら》みつけている。

「いやらしい、ですって？」

亜季帆は愛里よりもずっと軽蔑度が深い声色を投げかけている。

「愛していれば、全てを見せることが、できるんじゃないの？」

「くッ……」

愛里は唇を噛《か》んだ。

「私は矢島くんになら、全てを見せられるのよ。三津邑さんには、できる？」

「で、できるわ。だけど、学校では、ちょっと……」

「私はいつでもどこでも、矢島くんのためなら、裸になれるわよ」

「くッ……」

自分の愛情が深くない、と指摘されているのが悔しかったのだろう。愛里は唇を噛んだ。

そして、制服のプリーツスカートをまくりあげる。

薄いピンクの縁にフリルがたっぷり付いているハイレグパンティーが現れる。

愛里は腰骨の辺りに手を当てながら、

「わ、私だって……」

とつぶやきながら、そろそろとパンティーを下げていく。

「あ、愛里……ッ」

辰也は止めようとしたのだが、ここで止めるより、彼女らの気の済むようにさせてみたほうがいいような気がして、慌てて言葉を飲み込んだ。

愛里のぽちゃっとした下腹部が現れ、次いでうっすらと繁っているヘアがちらりと見えたかな……と思った瞬間、

「や、やっぱり……今日は、ダメ……」

と鋭く叫び、愛里はぎゅ、とパンティーを引き上げた。

「……」

重苦しい沈黙が、その場に流れる。

愛里は一歩一歩、後ずさりをして、図書館から去ろうとしている。

そして、きッ、と辰也に視線を投げつけると、

「……たっちゃんの、バカッ……！」

と悲鳴のような声を出し、きびすを返して、走り去っていく。

「お、おい……ッ」

辰也はさすがに焦った。

今のような破廉恥なシーンは、口は達者だけどまだまだウブな愛里には刺激が強すぎたような気がしたからだ。

辰也はただ見ていただけで、亜季帆に触れたり抱きついたりしていたわけではないが、そんなことを言っても、愛里は信じてくれそうにもなかった。

（ここは……取りあえず追いかけるべきかな……）

ちらっと亜季帆を見ると、彼女もそう思ったらしく、ため息をついて、

「探してきたら……？」

と、面倒臭《めんどう》そうな声を出している。

もう、衣類も元に戻し、いつもの委員長の顔になっている。先程までの淫《みだ》らな表情がふと懐かしくなったが、やはりこんな風に冷静沈着な方が彼女らしいような気もして、

「それじゃ」

と言い残して、辰也は廊下に出た。

愛里を探して教室や体育館などを探してみたが、どこにも彼女の姿はない。

もう学校から帰ってしまったのだろう、と思い、急いで家へと向かってみる。

辰也の家の鍵《かぎ》はまた開いていて、玄関を開けると、コトコトコトと包丁の音が聞こえてきている。

やはり、彼女は辰也の家で、料理を作ってくれていたようだった。

また裸にエプロン姿だったらどうしよう……と思いつつ、そうだったらエッチしちゃおうかな、などと期待を抱きながら、キッチンに入ってみる。

彼女は、残念ながら（？）制服姿で、野菜を刻んでいた。料理が好きなのか、ヒット曲を口ずさみながら、軽快なリズムで包丁を動かしている。

水を張ったナベの中には、ざっくり切ったソーセージとキャベツ、それからじゃがいもやタマネギやニンジンなど、多種類の野菜が入っている。愛里は最後に塩とコンソメの素を放り込むと、ナベの蓋《ふた》をし、コンロの火を点《つ》けた。

そこで、やっと、こちらを見ている辰也に気づき、

「や、やだぁ、たっちゃんたら、帰ってきたんなら『ただいま』とか言ってよね」

愛里は恥ずかしそうに肩をすくめた。

「ごめん、ただいま。今日の夕飯、何？」

こんな会話しているなんて、なんだか夫婦みたいだな、と内心照れながらも、辰也は鍋の中味が気になった。

「ポトフ。ソーセージの味が野菜に染みて超オイシイんだよ。でもね、三十分以上煮なくちゃならないの」

愛里は「だから、ちょっと休憩！」と言って、二階に上がっていき、辰也の部屋のドアを開けて、中へ入った。

「おい、勝手に人の部屋に入るなよ……」

「いまさら何言ってんのよ。たっちゃんが入院している時、あたし、この部屋にひとりで

入って、着替えや教科書を全部持っていってあげたんだからね」

そして、白いベッドにでーん、とお尻《しり》をおろした。

……今までもそうして休憩していたんだな、とわかるような、慣れた表情で、ベッドのスプリングをゆさゆさと揺らしている。

そして、少し真面目《まじめ》な顔になり、

「たっちゃん……。静原さんと、いつも、あんなこと、してるの……？」

と切り出してきた。やっぱり来たか、と、内心冷や汗をかきながらも、

「いや、彼女の裸なんて見るの、初めてだよ」

と正直に答えた。

「ほんとに……？」

少し疑い深そうに愛里は尋ね返したが、

「ほんとだよ。びっくりしたよな、縄で縛ってんだもんな」

と言うと、少し、安心したように白い歯をこぼした。

「静原さんって、ちょっと変わってるとこ、あるよね。体育の時もみんなと一緒に着替えようとしないいからどうしてなのかなって思ってたんだけど、パンツはいてないだなんて、思わなかった……」

卑猥《ひわい》な光景を思い出したのだろう、愛里の頬が紅潮している。

「なに、赤くなってるんだよ」

からかっただけなのに、愛里は妙にムキになっている。

「たっちゃんだって、あの時赤くなってたわよ」

「俺が？　うそだろ、夕陽が当たっていただけだろう？」

本当は顔がかっかと熱かったのを自覚していたが、とぼけてみると、

「うそ、絶対、赤かった！　コーフンしてたんでしょ」

と突っ込まれてしまった。

「そりゃ、お前、俺だって男なんだから、女のハダカ見たら、少しは……な」

愛里が嫉妬《しっと》しそうだったのでこんなことを言うのは面倒臭かったのだが、辰也は渋々と発奮していたことを認めた。

「それで……たっちゃん、どうしたの？　静原さんに触ったりしたの？」

「してないよ」

「ほんとにッ？」

「してないってば。疑うんだったら亜季帆にも聞いてみろよ」

……本当はいざ触れようとしたところで愛里が乱入してしまったから、タッチできなかったのだが、そんなことはもちろん言えなかった。

「そ……ッか……」

愛里はますます安心したらしく、満面の笑顔を見せた。

「じゃ、あたしの方が一歩リードしているかもね。だって、たっちゃん、昨日、あたしのおっぱいやアソコ、触ってくれたもんねッ」

昨日の愛里の艶《なま》めかしい姿を思いだし、辰也の股間はずくん、と疼《うず》いた。

裸にピンクのエプロンは、かなりそそられるものがあった。脇からはみ出してくる美乳がまた、たまらなかった。

「愛里こそ……。昨日はなんで、あんな格好《かっこう》していたんだよ」

「あれ？　あれはね……」

愛里は悪戯《いたずら》っぽく、

「新婚ごっこ、してみただけ。よくTVでああいうのやってるから、どんなもんなのか、一度やってみたかったんだー」

「……」

絶句している辰也を見てくすッと笑った後で、

「ウソ。ほんとはね……。たっちゃんに見てもらいたかったの」

と愛里はまた真顔になった。

「さっきは学校だったから脱げなかったけど、あたし、たっちゃんにだけは、全部、見せてあげてもいいと思ってる……」

そして、紺のプリーツスカートの裾《すそ》をつまむと、するすると引き上げていく。

「あ、愛里……」

辰也は別の意味でまた絶句した。

彼女も、亜季帆と同じく、スカートの下にパンティーを履いていなかったからだ。

しかも亜季帆と違うところは、縄が股間に巻かれていないということである。

つまり、生々しくも恥丘やヘアが剥《む》き出しになっているのだ。

「……見て、たっちゃん……」

そろそろと愛里は膝《ひざ》を動かした。

ベッドの上に腰を下ろした彼女の、白いソックス履きの脚が左右に大きく開いていく。

「たっちゃんのこと、好きだから……」

愛里は苦しそうな声で、

「あたしの全部を見てほしいの……」

と囁《ささや》いてくる。

「愛里……」

辰也はごくりと生唾《なまつば》を飲みこんだ。

愛里のヘアはふわふわと天然パーマのように丸まっていて女の子らしく、可愛かった。

だが、もっと魅力的だったのは、彼女の太腿の付け根の部分だった。

薄いピンク色が、他の肌と違って僅かにしっとりと濡れて、輝いている。

女の人の淫部をじっくり見るのは、初めてのことだったので、辰也は妙に照れ臭かった。

知沙に童貞を奪ってもらった時は、他の看護婦達に気取られないように、と部屋を薄暗くしていたので、ヴァギナがどんな形をしているか、なんて見ることまでは、できなかったのだ。

「ああ……ッ、たっちゃん……」

秘芯に視線が当たっているとわかるのだろう。

愛里はひくん、と花びらを震わせた。

彼女がひどく恥ずかしがっているのは、紅潮している頬や、スカートを押さえている手のひらの震えなどでわかるのだが、もう少しだけ、辰也は顔を近づけてみた。

うっすらと花蕾が開き、他の部分よりやや赤みがかっている襞がのぞいている。

ここにペニスを入れるのだな、と感心してその小さな淫唇を眺めていると、僅かに、涙のように、蜜《みつ》で入り口が滲《にじ》んできた。

「あぁぁ……ン、そんなに、見ないで……ッ！」

恥ずかしさのあまり、辰也を正視できなくなったらしく、愛里はぎゅ、と瞳を閉じている。身体は緊張で固くなっており、今触れたりしたら、びっくりして飛び上がってしまいそうだった。

「も、もう……いい……？」

「う〜ん、もうちょっと」

コチコチの彼女がちょっと気の毒ではあったが、せっかくだから、と辰也は他のところも観察させてもらうことにした。

少し顔を下の方に向け、アナルも覗《のぞ》いてみる。

濃いめのピンク色が、菊の形にすぼまっている穴の周りを彩っていた。

「やだ……ッ、たっちゃんたら……」

辰也がどこを見ているのか、薄目をあけた愛里にはわかったのだろう。

きゅっ、とヒップを締めて、アナルを隠そうとしてくる。

それなら、と辰也は顔を上げ、クリトリスを探してみた。

尿道口のすぐ上辺りに、ぷくんとした膨らみがあり、頭の部分が少しだけ薄皮に覆われてはいたが、明らかに豆状の形をしているものがある。

透明感のある桃色の粒を見ているうちに、触れてみたい、という欲求がむらむらと辰也に起こってきた。

クリトリスは、ペニスの名残と言われている、とどこかで聞いたことがある。

かなりビンカンな部位で、そこだけを触られるだけで、セックスしなくてもイッてしまう女の人もいるということだ。

いきなりヴァギナに指を突っ込んだら怒られそうだが、クリトリスくらいならいいだろう、と思い、辰也はそうっと小さな小さな球を指の腹で摘んでみた。

意外なほどに、固く、こりッとした感触がある。

だが、じっくりといじることはできなかった。

「きゃぁンッ！」

愛里がベッドから十センチは飛び上がったからだ。

「な、なに？　何するのぉッ！」

びく、びく、と彼女の太腿が不意の刺激で痙攣《けいれん》している。

ものすごい効果だ、と辰也は驚き、

「ちょっとクリちゃんを……。な、もう一度、触らせてよ」

と頼んでみたが、

「だめッ、絶対、ダメッ！　なんか、スゴすぎる……」

と愛里はスカートを下ろし、淫部を隠してしまった。

そして小さい声で、

「……また、今度ねッ！」

と、言ってくれたのだった。

3

　近頃は、穏やかな陽気が続いているおかげで、今日も辰也と薫子は屋上でのんびりとランチを食べていた。

　今日は和風だとかで、おいなりさんと筑前煮、それにシャケやだし巻き卵、と凝った内容だ。これを作るには何時間もかかったのではないだろうか、と心配になって辰也は薫子の横顔を見つめた。

　彼女の顔は、ちょっぴりまぶたが腫《は》れているような気もしたが、

「毎日、お昼休みになるのがすごく楽しみなんですッ！」

　などと声だけは元気がいい。そう言われると「もういいよ」だなんてことも言えず、それに食事は美味しくてありがたかったので、辰也は結局、今日も彼女に豪華弁当を作らせてしまっている。

　だが、弁当作りも三日目となった今日は、さすがに疲れが出てきたのか、薫子は、

「すいません……今日、デザート忘れてきちゃったんです。せっかく作ったのに……」

　と、俯《うつむ》いている。

「いいよいいよ。メシだけでほんと充分すぎるくらいだから」

　と辰也は言ったのだが、薫子は目を伏せ、悲しそうに、

「……フルーツポンチだったんです。すごく美味しくできたのに……」

と肩を落としている。

「……また、今度作ってきてくれよ、な？」

辰也は優しく薫子の頭を撫《な》でた。

髪を二つに分け、耳の上のほうでリボンで結んでいる彼女の髪からは、柑橘系《かんきつけい》のような爽やかなシャンプーの匂《にお》いがする。

「なんか、子供扱いしてるんですね……私のこと」

薫子は頭を撫でられたことが不服だったらしく、頬を膨らませて辰也を上目づかいに、じっとりと見つめてくる。

「いや、別に、そんなことは、ないけど」

辰也は焦ってそう答えたが、薫子は唇をへの字に曲げて、

「だって、頭をなでなでするなんて、絶対、女として扱ってくれてない証拠です……」

と抗議を続けている。そして、はぁっとため息をついて、

「そりゃあ、三津邑先輩や静原先輩は大人《おとな》っぽいし、あの人達に比べれば、私なんて、ガキかもしれませんけど……」

と、スネている。

「じゃあ……こうすれば、いい？」

郵便はがき

切手をお貼りください

166-0011

東京都杉並区梅里2-40-19
ワールドビル202
株式会社パラダイム
PARADIGM NOVELS
愛読者カード係

住所 〒 TEL ( )			
フリガナ	性別	男 ・ 女	
氏名	年齢	歳	
職業・学校名	お持ちのパソコン、ゲーム機など		
お買いあげ書籍名	お買いあげ書店名		
E-mailでの新刊案内をご希望される方は、アドレスをお書きください。			

PARADIGM NOVELS 愛読者カード

　このたびは小社の単行本をご購読いただき、まことにありがとうございます。今後の出版物の参考にさせていただきますので下記の質問にお答えください。抽選で毎月10名の方に記念品をお送りいたします。

●内容についてのご意見

(　　　　　　　　　　　　　　　　　　　　)

●カバーやイラストについてのご意見

(　　　　　　　　　　　　　　　　　　　　)

●小説で読んでみたいゲームやテーマ

(　　　　　　　　　　　　　　　　　　　　)

●原画集にしてほしいゲームやソフトハウス

(　　　　　　　　　　　　　　　　　　　　)

●好きなジャンル（複数回答可）

□学園もの　□育成もの　□ロリータ　□猟奇・ホラー系
□鬼畜系　□純愛系　□ＳＭ　□ファンタジー
□その他（　　　　　　　　　　　　　　　　）

●本書のパソコンゲームを知っていましたか？　また、実際にプレイしたことがありますか？

□プレイした　□知っているがプレイしていない　□知らない

●その他、ご意見やご感想がありましたら、自由にお書きください。

ご協力ありがとうございました。

辰也は手を伸ばし、隣に座っている薫子の肩をそっと抱いた。

最初からこうすれば良かったのだろうが、照れもあったし、日の当たる屋外で、しかも日中、校内でする行為としてはちょっとやりすぎのような気もしたので、頭を撫でるにとどめていたのである。

「……」

薫子の肩が、ぴくん、と固くなった。

自分で「女扱いしてほしい」などと言い出してきたくせに、いざ、触れられると、緊張してしまうのだから、可愛いものである。

辰也は肩に当てた手に力を入れ、彼女の身体をこちらに抱き寄せてみた。

いくらスポーツ万能で、合気道が強いといっても、やはり女の子で、柔らかい腕がぷにっ、と辰也の腕にくっついてくる。

ブラウスの中に隠されている乳房も、もう少しで辰也の身体にくっついてしまいそうなほどに、接近している。

「……」

ますます薫子は身を縮め、小さくなって、うつむいている。

耳たぶまでぼうっと赤くなってきてしまったので、

「ごめんごめん、ちょっと、オトナ扱いしすぎちゃったかな」

辰也は手を放すと、薫子は、

「ううん……いいんです」

と首を横に振った。

そして、眩しそうに辰也の顔を見上げてくる。

「……ど、どうした……？」

しばらく彼女は黙りこくっているので、見られている辰也のほうが照れ臭くなってくる。

「……先輩。やっぱり、私、デザート、食べたいです。お昼ごはんだけじゃ、物足りないです」

薫子がそう口を開いたので、辰也は笑い出した。

「やっぱり薫子はお子様だなあ。おやつが欲しいだなんて」

「……」

それには答えず、薫子は、

「先輩のおやつ、食べてもいいですか」

と尋ねてくる。

「俺？　俺は今、何も持ってないよ？」

いつもなら歯磨きガムをポケットに入れているのだが、あいにく最後の一枚を午前中の暇な授業の時に消費してしまったのだ。

「持ってるじゃないですか……」

薫子はそう言うと、不意に、辰也の制服のズボンのジッパーを下げた。

そして、チェックのトランクスの中に手を突っ込み、男棒を探り当てると、それを外へと引っ張りだしてきた。

「な、何してるんだ!?」

ペニスは、薫子の肩に触れていたせいもあり、少しだけ勃起《ぼっき》状態になってしまっている。

薫子はしげしげと、赤らんでいる肉茎を見つめながら、

「先輩……デザートに先輩のおち○ち○……。舐《な》めさせてください」

とせがんできた。

「こ、こんなもの……そんなに美味しくないと思うけど……」

「いいんです。私、舐めてみたかったんです」

薫子は神妙な顔をして、ペニスに向けて唇を開き、深く息を吸い込んでから、ぱっくんと亀頭を呑《の》み込んだ。

「か、薫子……ッ」

辰也は思わず仰け反り、背中を屋上のフェンスに強く押し当てていた。

実は、これが、辰也にとっても、生まれて初めて受けるフェラチオ、だったのである。

知沙や愛里の乳房やアソコは触ったことがあったが、自分のペニスを可愛がってもらっ

たことは、まだなかったのである。

口腔《こうこう》内は、ヴァギナの中とは違う、ひどく温かくてぬめぬめとしたいやらしい場所だった。薫子の舌が蠢《うごめ》くたびに、口の中の粘膜も、一緒にぬるり、と位置を変え、辰也の男根を刺激してくる。

「……んん……」

薫子は少し苦しげに瞳を細めながら、なおも奥まで含もうとしてくる。

やがて、ためらいつつも大きく口を開け、ずっぽり、と根元まで包み込んできた。

「んんん……」

あまりの気持ち良さに、辰也も息を弾ませた。

男のペニスを舐めるなんて、かなり勇気のいる行動のはずである。

白昼、学校でこんなことをしてくれるほど、薫子は自分を想ってくれているのか、と思うと、けなげにペニスを愛撫《あいぶ》してくる彼女がさらに愛おしくなってくる。

だから、ついまた頭を撫でてしまったのだが、彼女がじろッ、といやそうにこちらを睨んでくるので、辰也は首をすくめた。つくづく、子供扱いされるのがいやなようである。

「ん……んン……」

男と付き合った経験がないと言っていたから、フェラチオだって初めてだろうに、どこでこんなことを覚えたのか、薫子は、そろそろと首を前後に振り始めた。

にゅる、にゅる、と生暖かい唾液《だえき》が、ペニスに塗りたくられていく。

優しい柔らかみと、時折ちろりちろりと触れてくる舌の刺激とで、辰也の肉の棒は、どんどんと薫子の唇の中で膨張していく。

「はあ……ン……」

口の中にペニスがいっぱいに充満しているのだろう。薫子は苦しげな息をつきながら、それでも懸命に、しゃくりあげてくる。

「薫子……」

彼女に触れたくなったが、頭を撫でるとまた怒られそうなので、辰也は今度は彼女のベストの上から、乳房を探ってみた。

ほんのりとした膨らみが、手のひらの中に納まる。

「あぅ、あ……ン……」

びくっと薫子は身を震わせ、その振動が、肉棒にも伝わってくる。

舌が小刻みに震えるのでかなりの快感がある。

何度でもそれを味わいたくて、辰也は両手でもみもみもみ、と薫子のバストを揉《も》みしだいた。

「あふぅ……あ、あ……」

薫子は身をよじりながら、なおもペニスに吸いついてくる。

彼女の身体は興奮と緊張とでさらに震え、そして辰也の肉の棒も、一緒になってぶるぶる、と揺れた。

力をこめて乳房を揉むと、

「あン、あ……ッ！」

大声を出すのを必死で堪《こら》えようとする余りに、薫子は唇でペニスをぎゅう、と締めてくる。そして、シェイクを吸い出すかのように、ちゅうちゅう、と思いきり肉棒を絞ってきている。

「う……ッ！」

淫らな薫子の口もとと、ペニス全体に広がるいやらしい刺激とで、辰也は、限界に達してしまっていた。

「ご、ごめん……」

どろッ、どろッ、と多めの量のザーメンが、薫子の口の中に注がれてしまった。

本当は引き抜いてティッシュの上にでも射精しようと思っていたのだが、あまりにフェラチオが気持ちがよくて夢中になってしまい、間に合わなかったのである。

辰也は慌ててティッシュをポケットから出し、

「この上に吐き出して」

と促したのに、

「……」

ごく、と薫子の喉《のど》は鳴った。

「……飲んじゃったの？」

「……はい」

薫子は頷いて、真っ赤な顔をして微笑んでいる。

「ちょっと苦かったけど……美味しかったですよ、先輩のデザート」

本当に、辰也の精を味見してみたかったらしく、薫子は満足げである。

弁当を作ってもらったうえにフェラまでしてもらった辰也は、感謝の気持ちでいっぱいになって、薫子のあどけない笑顔を見つめた。

抱きしめてあげたいくらい、彼女の一途さに参っていたのだが、あえなく、チャイムが二人の秘密のランチデートの終わりを告げに来る。

「……それじゃ、私はこれで。次の時間、体育なんです。早く着替えなきゃ」

薫子は立ち上がった。

「また今度、デザート御馳走《ごちそう》してくださいね、先輩ッ！」

「あ、ああ……こんなものでよかったらいつでも」

明るい薫子につられて、辰也も可愛《かわい》いお願いを苦笑いしながら了承していた。

第3章　ヒミツの月夜☆イケナイ散歩

1

朝、辰也はしばらく嗅《か》いだことがない懐かしい匂《にお》いで目が覚めた。

炊きたての御飯と、味噌汁《みそしる》の香りが、階下からしてくるのである。

旅行に行った母親が帰ってきたのか、とも思ったのだが、昨夜の電話ではまだハワイにいて、

「もう永住したいわ。母さん、日本に帰りたくない」

などとほざいていたのだから、この時間に日本の自宅に帰っているわけがない。

とすると、こんなことをしてくれる人物は、ひとりしかいない。

階段を降りてキッチンにいくと、

「あ、たっちゃんおはよう。そろそろ起こしてあげようかと思ってたんだー」

と愛里が振り向いた。

いつもは自宅から手作りの食事を持ってきてくれるのだが、

「今日は早起きしたから」

と、辰也の家のグリルでかいがいしく魚など焼いている。

鍋の蓋《ふた》をひょいと開けてみると、湯気の向こうに豆腐と長ネギの味噌汁が見える。

「すっげ～」

　このまめまめしさに、辰也は感嘆の声を漏らした。

　朝なんて、いつも忙しい。起きて、パンを口に詰め込み、寝ぐせも直せないまま、遅刻スレスレに学校に飛び込むのが常の辰也にとっては、きびきびと朝から働いている愛里が超人のようにすら見える。

「まだ魚焼けないし……」

　愛里はちらッ、と時計を見た。辰也も壁時計を眺めると、普段より一時間近く早起きしてしまっている。空腹に味噌汁の匂いが響いたおかげで、目が覚めてしまったのだ。

「たっちゃん、シャワーでも、浴びてきたら？　すごい寝ぐせだよ」

　愛里に指摘され、辰也は頭を手で押さえた。

　確かに、トップはボリュームアップされているし、サイドもくるんと外向きにハネている……。これがおしゃれな感じならいいのだが、食器棚のガラスに映った髪型は、どう考えても、ただの寝ぐせにしか思えないような代物だった。

「よっし、久々に早起きしたんだし、朝シャンでもするか！」

　辰也は元気な声を出して、バスルームに進んだ。

　顔が、自然とにやけてくる。

　両親が留守のおかげで、毎日のように愛里と顔を合わせている。

　朝ごはんも、夜ごはんも彼女のお手製だし、彼女に促されてバスルームに行ったりもしているし、まるで新婚夫婦のようで、時々照れ臭さのあまり、彼女の顔を正視できなくなることすら、あった。

しかも、愛里は辰也に気があるらしいし、裸にエプロンをしたり、ノーパンのアソコを見せつけたり、とエッチなこともしてくる。

このまま両親が帰ってこなかったら、間違いなく愛里とエッチしてしまいそうだな、などと思いながら、辰也はフロ用の椅子《いす》に腰掛け、シャワーのお湯を出した。

ザーッ、と勢いのいい音を立てて、湯気と共にお湯が噴出してくる。

その音のせいで、辰也は、バスルームの扉が開いたことに、気がつかなかった。

頭から勢いよくお湯をかけよう、としたところで、ノズルを誰かに後ろから奪われた。

「!?」

振り向くと、バスタオルを身体に巻きつけただけの愛里が、にやけながら立っている。

またしてものお色気攻撃である。

「洗ってあげるよ、たっちゃん」

そう言いながら、愛里はボディシャンプーを、手の平で泡立てている。

「い、いいのか、そんなこと、して……」

過剰なほどの彼女のサービスにやや困惑しながらも、辰也の股間《こかん》は期待でピン、と起きあがっている。この反応を、後ろにいる彼女に見られていないのは、なによりであった。

「いいのいいの。じっとしてて」

愛里もすっかり女房気取りなのだろう。ごしごしと背中をこすり出している。

「どう？　気持ちいい？」

「ああ〜いいね〜」

程良い力加減に辰也は目を細めながら、冗談で、

「これで手じゃなくておっぱいで洗ってくれたりしたら、最高だよな〜」

とぼやいてみせた。

もちろん、ただの冗談のつもり、だったのである。

愛里からは「んもう、たっちゃんの、すけべッ！」とはたかれるのを待っていたのだ。

……だが。

後ろからはなんの言葉も聞こえてこない。

その代わり、ぱさ、と何かが水を張っていないバスタブの縁にかけられた音がした。

多分、それは、愛里が身にまとっていたバスタオルだ、と感じた瞬間、辰也の胸はどくん、と脈打った。

つまり、今、後ろには、オールヌードの愛里がいるのだ、と思うと、股間はますます固く、熱くなってくる。そして、

「……こんな、感じ……？」

と背中にふんわりとしたものが当たる。

先程の手のひらとは違う、一段と柔らかく、そしてたまらなくしっとりとしているものが、背中にぺたんと貼りついてくる。

振り向いたりしたわけではないが、明らかに愛里は乳房をあてがってくれている。

「あ、愛里……」

愛里は黙って、ぴっとりと辰也の背中に全身を寄せてくる。

太腿《ふともも》や臀部《でんぶ》にも、彼女のつるんとした脚やお腹が添えられてくる。

「こんなんで、いいのかな……」

背中に彼女のおっぱいがなすりつけられ、上に、下に、ぷりんぷりんと蠢《うごめ》いている。

「どう？　気持ちいい？」

「……す、すごいよ……」

自分の声が掠《かす》れているので、辰也は赤面した。

乳房の感触がこんなにも快感だとは知らなかったのだ。

「ね、たっちゃんたら……」

愛里が辰也の顔を、後ろから覗《のぞ》き込んでくる。

その様子が、辰也の目の前にあるバスルームのミラーに映し出された。

曇り止めクリームを塗っているので、彼女の真っ白い肌が、自分の日焼けした肌の後ろにくっついているのがよく見える。

しかも、彼女は後ろから身を乗り出しているので、片方の乳房がつるん、とはみ出している。大きめの半円の先端にはサーモンピンクの乳首が付いていて、美味《おい》しそうだった。

「黙ってないで、なんか言ってよ。あたしだって、恥ずかしいんだから……」

きゅ、と後ろから愛里が両手を回して、しがみついてくる。

辰也のウエストを抱きしめ、今度は頬《ほお》を背中にすりつけてきている。

「あたし……たっちゃんが気持ちよくなるんなら、なんだってしてあげたいの……」

そんな爆弾発言をしながら、彼女は、手を、そろそろと下腹部の方へと伸ばしてくる。

「そ、そこは、ダメ……ッ」

女のようなセリフを思わず口にしながら、辰也はぎゅ、と太腿を締め、ペニスを隠そうとした。

が、すでに勃起《ぼっき》してしまっているので、すべてを覆いきることはできない。

愛里の温かい手のひらが、優しく、ペニスの先端をくるんだ。

「……いいの。ここも洗ってあげる……」

肉茎をこすれば、男が気持ちよくなるということを、愛里も知っているのだろう。

石鹸《せっけん》で泡だった手で、ぐちゅりぐちゅり、と音を立てながら、手首を上下にこすり始めている。

「あ、愛里、やめろよ……」

つるつると滑る手のひらの感触は、いやに艶《なま》めかしく、辰也の肉幹ははちきれんばかりに固くなってしまっていたが、さすがにこのまま発射するのは恥ずかしいので、辰也は愛里の手を掴《つか》み、動きを制した。

「どうしてダメなの？　気持ちよくないの？」

「いや、すごく気持ちいいけど……」

こんなことを説明していいものかどうか迷ったが、辰也は正直に、

「あんまりコスられると、出ちゃうんだよ……」

と打ち明けた。

「出るって……赤ちゃんの素が？」

可愛い表現に苦笑いしながら辰也は頷《うなず》いた。

「出ちゃったら、赤ちゃんができちゃうの？」

「いや、そうじゃないけど、やっぱりなんか、恥ずかしいし……」

「でも、出しちゃったほうが、もっと気持ちいいんでしょ？」

「そりゃ、そうだけど……」

「だったら、出しちゃって」

ぐしゅ、ぐしゅ、ぐしゅ……。

愛里は再び、リズミカルに手首を上下に振り始めた。

「お、おい……」

もう一度手のひらを押さえようかとも思ったのだが、勢いのいいシゴきでペニスがびくんびくんと脈打ってきたので、いっそ出してしまおうか、と気持ちは傾いてしまっていた。

ここまで勃起してしまっていたら、後は、もう、射精までほんの少しである。

イく時の顔や息づかいや、飛び散るザーメンを、幼なじみの愛里に見られるのは恥ずかしいが、ここまで勃起してしまったのなら、もうしょうがない、というか、理性より野性、という感じになってきてしまったのだ。

石鹸の泡とお湯とにまみれながら、ぬるっぬるっ、という感触と共に、ペニスは徐々に徐々に固く固くなっていく。

愛里の動きはぎこちなかったが、指が時折、くにゅくにゅ、と裏スジの辺りを這《は》ったり、先端をつんつん、と

つついてきたりしてくる。その甘いくねりに、辰也は思わず、低く唸《うな》ってしまった。

「たっちゃん……イく時は、教えてね……」

愛里はしっかとペニスを握り直すと、ぐちゅりん、ぐちゅりん、とさらに強く、速度を上げて、根元から先端まで、すり上げていく。

「たっちゃんのおち○ち○、すごく固い……」

愛里の熱い息が、辰也の首筋にかかった。

ペニスをこすっているだけで、興奮してきてしまったのだろう。

さきほどから、盛んに乳房を背中にすりつけてくる。

いや、すりつけている部分は、乳房だけではなかった。

なにやら辰也のお尻《しり》の辺りにも、じょりじょりと、ヘアらしきものが当たっている。

どうやら発情し、火照ったヴァギナをも、なすりつけてきているらしい。

愛里はぐちゅぐちゅとした手の動きを止めずに、囁《ささや》いてくる。

「ね……こんな固いのアソコに入れたら、私……どうなっちゃうんだろう……」

イミシンな彼女のセリフが耳に入った途端、ついに、辰也のペニスは暴発してしまった。

どっぴゅ、どぴゅ、ぴゅ……!

こんな時に限って、かなり大量の白粘液が、バスルームのタイルの上に、次々と放出されていく。

「あッン、すごい、いっぱい……」

何十センチも先まで飛んでいく精液を、愛里は好奇心いっぱいの瞳で、眺めている。

だが、辰也はスッキリしてしまったこともあり、少し、困惑していた。

このまま、毎日のように愛里に色仕掛けをされていたら、男と女の関係になるのは、時間の問題である。

親が留守のせいか、愛里は辰也の想像を絶するほどのエッチ度で、捨て身で迫ってくる。

恋のライバルがいるから焦っているせいもあるのだろうが、あまりの加熱ぶりに、辰也の心は逆にブレーキをかけたくもなってきていた。

このまま、流されるがままに愛里と関係を持ってしまったら、後悔するような気がしていたからだ。

愛里だけではない。

亜季帆とも、薫子とも、今のままの、ちょっとエッチな仲を続けてしまっていいものか、どうか……。

辰也自身、自分の気持ちが誰にあるのか、わかってはいなかった。

ひとりに絞れたらこんなに楽なことはないのだが、どの娘も魅力的なだけに、毎日迷いは深まるばかりだったのである。

しかし、いつまでも優柔不断のままでいていいわけはないし、三股《また》をかけられるほどの体力も気力もなかった。

だが、決められないものは決められないので、結局は、

(ま、流れるままに生きていれば、そのうち、おさまるところにおさまるだろう)

という結論しか出ないのだった……。

2

一緒に学校に行こう、と愛里に誘われ、歩き出したところまでは、よかった。

やっと松葉杖も外せて、ごく普通に歩けるようにもなったし(走るのはまだちょっとつらいけれど)、二人でとりとめもないことを話しながら、のんびりと歩くのは楽しかった。

シャワーの後、ゆっくり朝食を食べたのに、家を出たのは、普段よりも二十分も早い。

愛里が朝早くから御飯を作ってくれ、さらにバスルームでエッチなご奉仕までしてくれちゃったおかげで、辰也の頭も身体もしっかりと目覚めてしまっている。

だからだろうか、時間に余裕があるので少し回り道して歩いた川べりの遊歩道で、愛里が石につまずき、よろめいた時、がッ、と肩を掴み、こちらに抱き寄せたりなんてことをしてしまった。

制服姿でしかも外で大胆だな、とは思ったのだが、周囲に人もいなかったし、愛里とは

朝、裸の触れ合いをした仲だったので、つい、密着してしまう。

「たっちゃん……」

愛里は驚いた顔をしながらも、うれしそうに顔を近づけてくる。

昼まで五センチしかないほどの接近ぶりだったので、思わず、キスまでしてしまった。

……といっても、一瞬、軽く、リップとリップを接触させただけではあった。

が、愛里はそれでも充分感動してしまったらしい。

「うれしい……」

と一言つぶやいたっきり、学校に着くまで、ほとんど口をきかなかった。

そして、その代わり、腕をぎゅっと組んで歩いている。

すっかり恋人気分の愛里を引き連れての登校となってしまった辰也は、当然、他の男達の冷たい視線を浴びながら歩かなくてはならなかった。

愛里は、可愛いうえに明るく人なつっこいので、男子生徒からは、わりと人気がある。

「お、おい、もうちょっと離れて歩こうよ」

さりげなく腕をほどこうとしたのだが、

「やーだ！　余韻に浸りたいんだもン」

と逆にますますくっつかれてしまった。

愛里の乳房がぷにゅり、と腕に当たり、辰也はますます顔が赤くなった。

そして……そのまま校門をくぐり、下駄箱に行ったところで、一番会いたくない薫子と亜季帆の二人がそこにいたのだった。

「せ、先輩……」

「矢島くん……」

ふたりとも大胆な愛里の行動に声も出ないようだったが、やがて亜季帆が気を取り直し、

「なんで朝からそんなにくっついているわけ？」

「うふふ。二人で朝、遊歩道をお散歩したんだもん」

靴を履き替えるために辰也から手を離したものの、喜色満面で愛里が報告している。

「それでね、なんかすっごくいいムードになって、キ……」

「キ、キ、今日も、いい天気だよなあッ！　ハハッ！」

辰也は慌てて愛里の会話を遮った。

なんということか、彼女は恋のライバルの前でキス体験を語ろうとしていたのである。

恋する女のパワーの恐ろしさにおののきながら、辰也は慌てて、

「さ、授業が始まるから、もう教室に行かないと」

と皆を促した。

だが、彼女らは動かない。

愛里と辰也の間に流れている一種親密なムードを女の勘で嗅ぎつけたようである。

「ちょっと……アンフェアなんじゃない？　私だって、矢島くんと散歩したいわよ」

「そ、そうですよ、公平にしてほしいです、先輩……」

亜季帆も薫子も、ひどくふてくされた表情で、ずい、と一歩辰也に向かって歩み寄ってくる。

「お、俺と歩いたって、面白くもなんともないと思うけど……」

たじたじとなりながらも、辰也はほとんど無理矢理、散歩の約束をさせられてしまった。

彼女らも負けまいとして、一刻も早いほうがいい、と迫ってくるし、今夜は満月だともいうので、夜の散歩に付き合うことになった。

薫子とは、夜の九時、亜季帆とは夜の十一時にそれぞれ校門前で待ち合わせることになった。

なぜこんなに遅い時間かというと、それぞれ、忙しい身の上だからである。

薫子は合気道の練習が終わるのが九時少し前だというし、亜季帆は十時過ぎまで、塾に通っているからだ。

今夜のハードスケジュールを思うと、辰也は朝から疲れてしまい、授業はまったく耳に入らなかった。

夜に備えて、寝ていたからである……。

かくしてやって来たお散歩タイムの第一弾は薫子とであった。

校門の前に九時少し前に来て待っていたが、彼女はなかなかやってこない。

どうしたんだろう、と思っていると、

「せんぱーいッ！」

と明るい声がして、薫子が走ってくる。

「はぁはぁ……すいません。一回家に帰って準備していたもんで」

息を切らしている彼女は、寒い季節でもないのに赤いダッフルコートを着込んでいる。

「どうしたんだ、その格好《かっこう》？」

「あ、これですか？　ファッションですよ」

あっさりそう流されると、女のコの流行などわからない辰也はそうですか、と言うしかなかった。

学校から川べりの道までは五分ほど坂を下れば辿り着く。

その間、薫子はうれしそうに、辰也の腕にぎゅうぎゅうとしがみついてきていた。

「先輩の腕って、太くて、頼もし～い♡」

甘えて体重までかけてくるので、ちょっと重かったが、じゃれつかれるのはイヤではなかったので、薫子がしたいようにさせながら、辰也はあくまでもいつも通りの態度で、歩き続けた。

もちろん、可愛い女の子とぴったりくっついての夜の散歩であるし、特に遊歩道なんて、夜はカップルしか行かないような場所だから、期待はないわけではない。が、まあ、それはなりゆきまかせという感じで、辰也は特に焦ってはいなかった。

愛里・亜季帆・薫子の三人が焦ってアタックをしてくればくるほど、不思議と辰也自身は冷静になっていくようだった。

彼女らの好意ははっきり感じるので、この際、ゆっくり選ばせてもらおうかな、なんて気にすらなってくる。

まあ、こんな風に優柔不断だと、三人から総スカンを食らってしまうのかもしれないが。そうしたら今まで通りの、平凡で冴えないけれど、平和な日常に戻ればいいだけである。

遊歩道は、常夜灯がところどころに点《つ》いているが、全体的に薄暗く、繁みの奥にある芝生では、すでにどこかのカップルがいちゃついているらしく、絡み合った脚だけが見えて辰也はどきッ、とした。こんな夜遅くに、ここに来たのは初めてだったが、噂《うわさ》以上に愛のスポットとなっていたようだ。

「す、すごいですね、先輩……」

遊歩道を歩きながら、薫子も声を潜めて話しかけてきた。

「私……なんだか暑くなってきちゃいました……」

薫子はそう言って、ダッフルコートのボタンをひとつひとつ外し、コートを脱いで、小脇に抱えている。

「そりゃそうだろ。コートなんか着てくるから……」

彼女の方を向いて話しかけた途端、辰也の顔から血の気が引いた。

茶目っ気ある笑顔でこちらの腕にすがりついてきている薫子は、全裸だったからである。

「えへへ……。一回、すっぽんぽんでお散歩、してみたかったんですよ」

などと言っているが、

「ば、バカ。誰かに見られたり襲われたりしたら、どうするんだよ」

辰也は本気で心配した。

繁みのカップル達はエッチに夢中で薫子のことには気づかないと思うが、万が一誰かがすれ違ったりして、それがまたしても不良グループでスタンガンなんぞ持っていたりしたら……。

薫子はもちろん、辰也の身だって、危ないのである。

「平気ですよぅ。いざとなったら私、闘いますし、それに、先輩が守ってくれるし……」

身体を張って薫子を救ったあの日以来、薫子は絶大な信頼を辰也に寄せている。

「先輩はほんとに私より強くて逞《たくま》しいです……」

うっとりした瞳をこちらに向けながら、すりすり、とほのかに膨らんでいる乳房を辰也の肘《ひじ》にすりつけてくる。

彼女の裸身は、月明かりに照らされて、青白く輝いている。

まだ幼さが残る彼女の女体は、下腹部がぽっこりと膨らんでいて、それが愛くるしい。

乳房もこれからもっと大きくなるような、実りきっていないものを感じる。先日屋上でフェラチオしてもらった時に制服の上から触れた時も、少し固く、全体的にこりッとしていて、まだまだ柔らかくなりきっていない、少女の胸という感じであった。

ヒップも、合気道をやっているわりにはそれほど骨盤が張り出しておらず、きゅッ、とハート型に丸いが、肉付きはまだ充分という感じではない。

こんな風に無防備にヌードを晒《さら》されると、男としては普通、触れたくてたまらなくなるものだが、今の辰也は、それどころでは、なかった。

周囲に人が来ないかきょろきょろしなくてはならず、そちらに意識を集中させていたからである。

そして、ついに、怖れていた事態は、起きた。

目の前から自転車のライトが近づいてきたのである。

しかも……最悪なことに、その自転車に乗っているのは、警官だった。

おそらくこの辺りを見回りにきた巡査なのだろう。

辰也は慌てて薫子の前に出て、彼女を隠した。

もし、薫子の裸が見つかってしまったら最後、「キミたち何してるんだね？　名前は？　学校は？」などと尋問が始まってしまうに違いない。

遊歩道は一本道なので、自転車は真っ直ぐにこちらに近づいてくる。

「薫子、こっちだ！」

辰也はぐい、と彼女を引っ張ると、繁みの中に押し込んだ。

ツツジの植え込みの奥には、人がふたりぴったり重なれば入るほどの芝生があり、ヤッてくださいと言わんばかりの空間がある。

自転車は辰也達へのおとがめもなく、スーッ、と通り過ぎていく。

「ふう……」

辰也は大きくため息をついた。

「さあ、もう大丈夫だ。早くコートを着て、家に帰ろう」

そう薫子に話しかけると、

「先輩……もう少しだけ……このままで……」

と彼女が抱きついてきた。

辰也は今、薫子を押し倒すような形で上に乗っている。背中に薫子の手が回り、きゅう、とせつない表情で抱きつかれると、さすがにムスコがウズいてきてしまった。

今は繁みの中に身を潜めていることだし、周囲に気を配る必要は、それほどなくなった。

しかも、自分の眼下にいるのは、全裸の女の子である。

場所が狭いので、必然的に密着してしまっているため、ぷにぷにしたおっぱいがぴっとりと辰也の胸にくっついている。

「ば、バカ……そんなにくっつくと……」

慌てて腰を引こうとしたが、薫子に先に気づかれてしまった。

「先輩……もしかして……ボッキ、してます……？」

股間がどんどん膨らんできてしまい、薫子の恥丘辺りに当たってしまっていたのである。

「そりゃ、勃《た》つよ……こんなことされたら……」

辰也は半ばヤケになって、薫子を抱きしめた。彼女の腰はスポーツ万能のわりには意外と細くかよわかった。

「私なんかでよかったら、もっともっと興奮してください」

薫子はそんな可愛いことを言いながら、ひしっと尚も強く抱きついてくる。

「私……先輩にならら、何されても、いいんです」

そう言いながら、そうッ、とペニスをズボンの上からまさぐってくる。

しっかと起きあがっている肉の棒を軽く握ると、

「それともまた、舐《な》めてあげましょうか……？」

と尋ねてきた。

「いや……そんな。いつもしてもらってばかりじゃ、悪いよ」

辰也はかぶりを振った。本音を言えば舐めてもらいたいのは山々だったが、いつ誰に覗かれるかわからないこの環境では、なかなか快感に集中できそうにない。

「今日は、俺が、してあげるよ」

その代わりに、辰也は薫子のバストを揉《も》みながら、乳首に口をつけた。

まだ固い部分の多い、実りかけの果実は、辰也の手のひらに合わせそれでも懸命に揺れている。

興奮で勃起して固くなっている小粒な乳首を含んだ途端、薫子が甘い声で、

「はぁ……ン、先輩……」

と喘《あえ》いだ。そして、いかにも気持ち良さそうに、腰をもじもじと左右に揺すってくる。

辰也はちゅッ、ちゅッと乳頭を吸いながら、乳房を根気強く、揉みほぐしてみた。固い部分がやがてほぐれ、ふわふわとしたバストになっていくのを手のひらで実感できるのが、

愉《たの》しかったのだ。

薫子の手を取って、乳房に触れさせると、彼女も驚いたらしく、

「うそ……ッ、こんなに柔らかくて大きくなるなんて……」

と目を丸くしている。刺激を与えたせいか、それともほぐれたせいなのか、一回り大きなバストになっていて、見応《みごた》えも揉み応えもでてきている。

辰也はゆっくりと両手で乳房を揉みながら、頭を下げていき、太腿の間に顔を突っ込んでみた。

ヴァギナは、興奮ですでに熱く火照っていた。

「あ……ッ、せ、先輩……ッ！」

辰也の息が秘芯にかかったのだろう、薫子が太腿をぎゅうむ、と締めて、辰也の頭部を挟み込んでくる。

だが、辰也は構わず、舌を出し、べろり、と淫壺の入り口を舐めた。

辺りは暗いので、彼女のアソコがどんな形をしているのかははっきり分からなかったので、舌で形を辿ってみる。

「あッ、ああんッ、先輩……ッ、そ、そんなとこ……」

薫子はせつなげな声をあげている。舌を動かすたびに、腰をいちいちびくびくと震わせて反応している。かなり感じやすい体質らしかった。

顔を近づけて見ると、襞は少しもはみ出しておらず、慎《つつ》ましやかな女芯を彼女は持っていた。舌をとがらせ、蜜壺《みつつぼ》の中に差し入れてみると、しっとりと濡《ぬ》れている。

「ああ……はぁん……いや……ン……」

ぬめっとした舌で奥を舐められているのがわかるのだろう。

薫子は腰をくねくね揺らしながら、はぁはぁと呼吸を速めていく。

「薫子のアソコ、美味しいよ」

辰也はそう囁きながら、ちゅッ、ちゅッ、と音を立てて蜜を啜《すす》ってやった。

「あうぅん、はあ……ッ、ああ……ッ！」

薫子は顎《あご》を反らし、必死になって快感を受け止めている。

蜜は堰《せき》を切ったようにとろとろと溢《あふ》れ出てきて、辰也の舌を濡らしていく。

無味無臭で、クセのない味がまた幼い感じで辰也を興奮させた。純な彼女を自分色に染めていきたい……というオスの欲求を抱きながら、じゅう、じゅう、といやらしい汁を奥から吸引していく。

「あうぅ〜ッ！」

薫子はたまらず掠れた悲鳴をあげている。

薄目を開き、少し不安そうな顔で、

「先輩……私、私、飛んでいってしまいそうです……ッ！」

と告げてきた。

「飛んでいいんだよ。俺が掴まえてあげるから」

そう答えながら、辰也はぎゅ、と彼女の腰を抱き支えた。

「あああ……ああああああ……ッ！」

薫子の腰はぶるぶる震えだしている。

イかせてやろう、と辰也の舌も激しい振動を繰り返した。

「あああ〜ッ！　せ、先輩ッ！　飛ぶ、飛ぶぅッ！」

鋭く叫んだ彼女の声が、ツツジの葉をさわさわと揺らしていく。

僅かに差し込んできた月の光が、彼女のぽってりと膨らんだ愛らしい恥丘と、そこに生えている薄いヘアを映し出した。

「あああ……」

深く長い息を、何度も何度もついて、薫子は、

「先輩……先輩って最高にすごい人です……。私、こんなに気持ちいいこと、初めてです」

と抱きついてきた。

自分をこんなにも頼ってくる可愛い後輩の、つるんとした裸身を包み込むかのように、辰也も愛情たっぷりに彼女を抱き返した。

3

初めてイッたという薫子をなだめながらコートを着せ、家まで送りとどけていたら、すっかり時間がかかってしまっていた。

とにかく薫子の腰の力が抜けてしまい、ゆっくりしか歩けなくなってしまったのだ。

「はあ〜ッ、なんだかまだ、アソコがジンジンします」

なんて衝撃的発言を住宅街で聞かされて、焦りながらやっと彼女を家に送り届け、辰也は再び校門前へ、とダッシュした。

だが、約束の十一時には、十分ほど遅刻してしまった。

亜季帆は、腕組みをして、校門の前で待っていた。

「……遅いわ」

「ご、ごめん……ごめんな」

辰也は平謝りに謝った。こんな深夜に女の子を一人で立たせておくなんて、やってはいけないと重々承知していたからである。

「国府田さんといちゃいちゃしていたから、遅くなっちゃったのね？」

亜季帆はちくちくと意地悪を言ってくる。

「あ〜、亜季帆、妬《や》いてるんだ？」

辰也はツン、と亜季帆の腕をつついてみた。

彼女の私服姿なんて、初めてみるが、やはり、マジメっぽい。

白いブラウスに、赤いネクタイを付け、スカートは膝丈《ひざたけ》のタイトなデザインだ。

あまり色気のない格好ではあるが……彼女には良く、似合っている。

「さ、行きましょ」

亜季帆はそう言うと、あっさり校門の中へ入っていく。

「あれ……カギがかかっているんじゃないの？」

「さっき警備のおじさんに言って、開けてもらったの。ちょっと教室に忘れ物をしたって言ったら、あっさり開けてくれたわ。普段の行いがいいから、ちっとも疑われなかったわ」

毒舌を投げながら、亜季帆はスタスタと校庭へと歩いていく。

「夜中の学校を散歩するっていうのも、なかなか、イキでしょ？」

陸上部が使ったのだろう。四百メートルトラックのラインが、白く校庭に残されている。

「さて、と」

亜季帆は赤いネクタイも、ブラウスのボタンも、タイトスカートのホックも、次々と外していく。

たちまちのうちに、ノーパン・ノーブラの彼女は、全裸になってしまった。

いや、白いハイソックスだけが、彼女の長い脚に残されている。

ぷりんとした乳房と、小さめのきゅっとしまった乳首、それから高い位置にあるカッコよくくびれたウエストと、形良くきゅっと上がっているヒップが、辰也の瞳の中に、次々と映る。

彼女は、普段勉強ばかりしているわりには、かなりいいスタイルをしていたので、辰也は思わず、見惚《みほ》れてしまったが、現実はだんだんと変態チックな展開になってきていた。

亜季帆はバッグから、ハイソックスと同じデザインのロング手袋を取り出してはめた。次いで、鎖付きの首輪を取り出し、自分の首に、ぱちん、と装着する。

「はい」

「はい、って……」

鎖を手渡され、辰也は困惑した。

本当に今日は、どの女の子もハダカでアタックを仕掛けてくる。

しかも亜季帆ときたら、首に鎖、である。

「ど、どういうことだ……？」

「私はメス犬。あなたはご主人様。さ、ペットをお散歩させてちょうだい」

亜季帆は涼しい顔でそう答えた。

「ど、どうして俺がご主人様なんだ……？」

「前に言ったでしょ。あなたは未来のファーストジェントルマン、つまり、私の夫になるかもしれない人なんだもの。私、夫の前でだけは、服従する女でいたいの」

「お、俺、まだ、そんな、ファーストジェントルマンになるなんて、決めてないぞ」

「いいの。なるかもしれないってだけでも、私にとって矢島くんはご主人様なんだから」

亜季帆は有無を言わせない調子でそう言うと校庭に両手両膝をつき、本当に犬のように、

「わん」

と鳴いた。

そして、てくてく、と歩き出していく。歩くといっても、犬のように、である。

「お、おい、本気なのかよ……」

辰也は慌てて後を追った。

なにしろ鎖を持たされているので、追いかけざるをえないのである。

亜季帆はなにやらうれしそうに、地面を這うように身を屈《かが》めながら、散歩をしている。

最初は両手両脚を元気に伸ばし、軽快に校庭を歩いていたが、だんだん疲れてきたのか、
歩みが遅くなっている。

「……少し、休むか？」

いくら犬のフリをしているといっても、生身の人間である。

土の上を歩くのは、大変なんだろう、と辰也は気づかったのだが、

「くうん」

亜季帆は首を横に振って、なおも歩みだそうとしている。

だが、少し歩いてはまた、止まってしまう。

子供の頃に犬を飼っていた辰也は、だんだん、本当に飼い犬を散歩させているような気になり、亜季帆の裸のヒップを軽く叩《たた》いてやった。

「ほら、歩くのか休むのか、どっちかにしろ！」

昔、犬を叱《しか》ったのと同じ口調で言ってやると、

「きゃう……ン」

亜季帆もうれしそうにヒップを振っている。尻尾《しっぽ》を振っているつもりなのだろう。

そして、てくてくとまた歩みだした。

だが、またすぐ動かなくなり、かしかし、と前足、いや、右手で砂をいじっている。

辰也は先程よりも力を込めて、彼女のお尻を叩いてやる。

「ほら、どうした、どうした」

ぱぁん、と音がして、亜季帆のヒップがびくん、と跳ねた。

「きゃう、きゃう……」

亜季帆は悲しそうな、それでいて少しうれしそうな顔で、辰也を見上げている。

瞳がいやに濡れているのは、涙ではないことくらい、辰也にも分かっていた。

彼女はこのメス犬プレイに、妙に興奮してしまっているのである。

普段、誰からも「すごい」と頭のデキを誉められてばかりいる彼女は、こうして辱められることに慣れていないために、ひどく感じてしまうのかもしれなかった。

校庭を半周したころだろうか。

月の光の下につるんと輝くヒップを時々ぺちぺちと煽《あお》ってやると、亜季帆はポニーテールの髪をゆらゆらと揺らしながら、校庭に引いたトラックラインに沿って歩み続けた。

ただ黙々と、少しだけお尻を振りながら進んでいた亜季帆は、ふと、何かを思ったらしく、コースを外れ、校庭の隅の方へと進んでいく。

「おい、そっちじゃないぞ。おいッ!」

慌てて鎖を引っ張ったが、亜季帆は飼い主に逆らってぐいぐい、と前進していく。

何があったのだろう、と慌ててついていくと、イチョウの木の根元にまっしぐらに向かっている。

そして、木に辿り着いたところで、安心したかのように、

「きゅう〜ン」

と言いながら、片足を上げた。

「お、おい……まさか……亜季帆……!?」

犬が片足を上げて、木の幹にするものなんて、ひとつしか、ない。

辰也は慌てたが、亜季帆はすでに尿意を感じているらしく、かなり思い切って左の脚を

上げていく。

彼女の真横にいる辰也からは、ちょうど月明かりが助けてくれたこともあって、ぱっかりと開いた股間の、そこだけ色が違う部分がくっきりと見えてしまった。

それほど濃くはないヘアに囲まれた中は、うっすらと花びらがはみだしていて、いやらしい形をしていた。

勉強のことしか頭にないのかとも思ったが、ヴァギナの形を見ると、根はスケベなのかもしれないな、などと辰也は考えてしまった。なんだか男が挿れたくなるような、そんないやらしいびらびらが入り口の周辺に付いていて、淫《みだ》らだったからだ。

「わ……ン……」

亜季帆が小さく鳴いた直後、彼女の股間から黄色い液体が、勢い良く流れ出ている。

見てはいけない、と辰也は咄嗟《とっさ》に目を瞑ろうとしたのだが、女の子の放尿姿など、見るのは初めてである。興味がないと言ったら嘘《うそ》になる。ついつい目を見開いて、尿の飛沫《しぶき》を眺めてしまっていた。

「きゃううぅ……ン」

ちょろろろ……と少しずつ、少しずつ、だけど割と長い時間をかけて、亜季帆は小用を足していった。男のモノとは違い、尿道口から飛ばすので、狙《ねら》いが定めづらいのか、何度かふらふら、と木の幹から尿が逸《そ》れている。

亜季帆はじっ、と尿の落ちる先を見つめながら、慎重に放尿を終えた。

木の根元には、今の行動が夢でなかった証拠として、小さな水たまりができている。

「……」

辰也はなんと声をかけていいのかわからず、すっきりした表情の亜季帆を見つめた。

再び女陰に目を落とすと、花びらに露がついていた。

オシッコがかかったのかな、と思ったのだが、どうやらそうではないらしく、内部から蜜が漏れてきているようだ。

今の放尿で、彼女は感じていたのだ、と辰也は悟ったが、そこで思考が停止した。

なぜならば、亜季帆が辰也の足下に歩み寄ってきて、ズボンのジッパーを下ろしにかかってきたからだ。

そして、窮屈そうにトランクスの中に押し込められていた勃起しているペニスを見つけると、愛おしそうに、それを引き出してくる。

「きゅう……ん、きゅう……ん」

喉《のど》を鳴らしながら、亜季帆はずぼッ、と思いきりよくそれを含んできた。

「お、おい、いいのか、そんなこと、して……」

辰也は思わず腰を引きかけたが、亜季帆がしっかとペニスをしゃぶって離れない。

「うぐ……ん、く……ン」

声は犬だが、していることは、フェラチオそのままである。

亜季帆の意図がわからず、辰也は戸惑ったが、やがて、その戸惑いも、肉の棒の芯《しん》から湧き上がってくる快感に呑《の》み込まれていった。

とにかく、亜季帆のフェラチオが、すごいのである。なぜこんなにすごいのだろう？と不思議に思えるほどの小気味いい吸い付きぶりなのだ。

「んぐぅ、くくぅ……ッ」

呻《うめ》きながら、辰也の股間で首をしきりに振っている。

そして、じゅっぽじゅっぽという音と共に、唾液《だえき》でべっとりと濡れたペニスを、吸引していく。

「あ、亜季帆……すごいよ、すごい……ッ！」

自分が今、深夜の学校の校庭で、秀才の委員長にフェラチオされている……なんていうディテールは、辰也の頭からはとうに消え失せてしまっていた。

目の前で、亜季帆が、ただひたすら、肉の棒をしゃぶっている。

美味しそうに身体を揺するたびに、彼女の可憐《かれん》な胸の膨らみも一緒になって震えている。

辰也は少しだけ身を屈《かが》め、彼女の乳房をすくいあげるようにして、揉んだ。

「はぐぅ、はうぅ……」

明らかに、亜季帆の呻き声が、淫らになる。

むにゅむにゅと柔らかなおっぱいをいじってやると、

「はうううぅ……ン！」

ヒップを振り振り、さらに強力に肉茎にむしゃぶりついてくる。

ぐちゅるん、ぐちゅるん、と音も尚一層いやらしくなっていく。

亜季帆は自分で自分のしていることがわかっているのかどうか、ただ前後に首を振るのではなく、右から、左から、角度を変えて呑み込みにかかっている。

多彩な口腔《こうこう》内と舌の刺激で、辰也の肉幹は、発射寸前にまで高まっている。

「亜季帆……ッ」

小さく呻きながら、彼女の乳首を摘み、軽く捻ってやると、

「ははああぁんッ！」

と、亜季帆の声が裏返る。

そして、きゅきゅ、と唇を締め、ペニスを縛りつけるかのように、挟み込んでいく。

「ううぅ……ッ！」

口の締まりが強烈すぎたため、辰也は反射的に、どぴゅり、とザーメンを発射させた。

「くん、くん、きゅぅ……ン」

亜季帆は心底うれしそうに、鼻を鳴らしながらそれを口で受け、そして、美味しいミルクでも飲むかのように、ごっくん、と一気に飲み下した。

第4章　なにごとも、ヤればデキる！

1

辰也は、放課後が来るのが、今日は少しだけ憂鬱《ゆううつ》ではなかった。

いつもだと、ああ、これから亜季帆の特別補習が待っている……と、勉強をする前から頭痛がしてくるのだが、さすがに今日は、亜季帆と二人きりで教室で居残り、だなんて考えると、楽しみのような気がしてくるのだ。

なにしろ、夕べ、あの卑猥《ひわい》な散歩をしたばかりなのだ。

散歩、と切り出した時から、亜季帆はメス犬になり、辰也のモノをしゃぶる気でいたのだろう、ザーメンを飲み干した後も、さも当然という顔をしていた。

それなのに、あんなにいやらしいことをした翌日だというのに、亜季帆はそのことをまるで忘れてしまったかのような顔をして、辰也に世界史を叩《たた》き込んでいる。机《つくえ》に向かい合わせに座り、彼女は辰也に熱い目線を送るわけでもなく、淡々と説明を読み上げている。

そのクールな横顔を見ていると、夕べのことで悶々《もんもん》としている自分のほうがアホのような気がして、辰也も勉強に集中せざるをえなかった。

彼女の説明はひどくわかりやすく、一度語呂合わせを聞いただけで、辰也はすらすらと年号が暗記できていく。

「……やっぱり、やればできるんじゃない」

亜季帆は頷《うなず》いた。

「私が見込んだだけのことはあるわね。今のうちから日常英会話も仕込んでおかないとね、大統領の夫が英語もできないっていうんじゃ、困るものね」

「な、なぁ……」

あまりにも見込まれすぎているので、辰也は弱って、

「どうして、俺、なんだ？　もっと頭のいい男を探したほうが、話が早いんじゃないのか」

と尋ねてみた。亜季帆が一所懸命辰也をシゴいてくれるのはありがたいが、万年平均点以下の辰也の成績を上げさせるのは、相当な労力がかかると思われるからだ。

「……他の男じゃ、ダメなのよ」

「ど、どうして……」

野暮《やぼ》な質問だとは思ったが、辰也はそう問い返していた。

超秀才の亜季帆が、どうして自分のようなデキの悪い男にこだわるのか、いつも理解できなかったからだ。

「……まだ、わかんないの？」

亜季帆は呆《あき》れたようにつぶやいた。

「男の価値は、成績で決まるもんじゃないのよ。心が美しい人じゃないと、私、いやなの」

「俺……が、心が美しい……って、ことか？」

「そうよ」

亜季帆はこほん、とひとつ咳払《せきばら》いをして、辰也を見つめた。

「私、いつも、あなたに助けられてきたわ。委員長って雑用を押しつけられて結構大変な役回りなんだけど、矢島君はいつも『手伝ってやろうか？』って声をかけてくれたもの」

「そ、そんなの、当たり前のことじゃないのか⁉」

辰也は本気で驚いた。親から「困った人がいたら助けてあげなさい」と子供の頃から叩き込まれてきたせいか、書類の山や、授業の準備などで忙しそうにしている亜季帆を見たら、自然とヘルプしたくなっていたのだ。

だが、それは、亜季帆だから、というわけではない。委員長が誰であっても、辰也は多分、そうしただろう、と思う。てっきり皆も多かれ少なかれそういう補佐はしているだろうと思っていたのだが、

「……あなただけなのよ。私を助けてくれた人って……」

と亜季帆はしみじみと、打ち明けてくる。

「気がついたら、いつもそばに矢島くんがいてくれたの。だから、私、今まで委員長をやってこれたんだと思うわ」

こんな風に素直に感謝の気持ちを伝える亜季帆を見るのは、初めてだった。

どうやらかなり強い思い入れを辰也に持ってしまっているのは確からしく、

「だから私……、大統領になっても、矢島くんにいつもそばにいてもらいたいの」

などと少し照れ臭そうに付け加えてもくる。

だが、彼女が壮大な夢の計画を話しているというのに、辰也の頭の中は、昨日の激しいフェラチオのことで満ちてきてしまっていた。亜季帆の動く唇を見ていたら、どうしても思い出されてならなかったのだ。

「なあ……どうしてあんなにフェラチオが上手かったんだ？」

ついに、ガマンできなくなってそう切り出してみると、案の定、軽蔑《けいべつ》したように、

「こんな時に、そんな質問しかできないの、あなたは？」

と、返されてしまった。だが、クスッと鼻で笑いながら、

「簡単なことよ。あの時は、身も心も犬になりきってたから」

と教えてくれた。

「犬になりきると、しゃぶり上手になれるのか？」

「そうよ。だって、美味《おい》しい骨だと思ってしゃぶっていたんだもの」

「……」

真相が分かって、辰也はがっくりとうなだれた。

ペニスは骨扱いされていただけだったのか、と思うと、なんだか情けなくもなってくる。

「さ……一段落したことだし……。矢島くんも今日はかなり年号が暗記できたみたいだし」

亜季帆は立ち上がると、教室の入り口に鍵《かぎ》をかけている。

「何……してるんだ？」

「決まってるじゃない」

亜季帆は振り向いてくすり、と笑った。

「見られたら困ることをしようとしているのよ……」

……ぱさ、という音がして、亜季帆の膝《ひざ》からプリーツスカートが落ちる。

靴下も脱ぎ、次いで亜季帆は、制服のベストもブラウスも脱ぎ捨てていく。

驚いたことに、今日は、ノーブラにノーパンではない。

ちゃんと、下着を付けている。

……しかし。

「これ、どうしたんだ……？」

「インターネット通販で、アメリカのポルノショップから航空便で取り寄せたのよ」

亜季帆はどうってことがないような顔をしているが、辰也はなんとリアクションしていいのかわからなかった。

彼女は、黒い革の下着を身につけていたのだ。

ボンデージ、というのだろうか。胸にはビスチェがあるのだが、乳房はすべて溢《あふ》れていて、その下をぎゅうぎゅうと締めるタイプである。バストのボリュームを出すためのランジェリーなのだろうが、あまりにも卑猥な光景である。パンティーも、かなりのハイレグで、はみ毛をしやしないか、と見ているこちらのほうがヒヤヒヤしてしまうほどだった。

「……さあ、矢島くん」

亜季帆は教壇の上に座り、大きく脚を開いた。

右足の膝を立たせ、脚の裏を教壇の上に置き、挑発的な格好《かっこう》をとっている。

辰也の視線は、彼女の股間《こかん》に釘づけになった。

黒革のハイレグパンティーの中心には、布地がなかったのだ。

いわゆる、穴開きパンティーという代物で、ピンク色の襞がばっちりと顔を出してしまっている。

「亜季帆……どうして、こんなの履いてるんだ……？」

「前にも言ったでしょ」

自分がとっている破廉恥な行動に興奮しているのか、亜季帆は胸を弾ませながら、

「矢島くんが頑張ったら、私、ご褒美をあげるのよ」

と呟《つぶや》いた。

「これからもずっと、いやらしいご褒美を考えてあげる。人間がもともと持っている性衝動を、人生のために活かす、素晴らしい方法だと思わない？」

辰也の成績アップのために創意工夫を凝らしてくれている亜季帆の気持ちに感謝しつつ

も、あまりにも過激な光景に、男の本能はすっくと勃《た》ち上がっていく。

下着の中心部に赤くぬめった秘肉がある光景は、ノーパンでいるよりも、ずっと淫靡《いんび》だった。先日は亜季帆は股間に縄を食い込ませていたが、今日はそれもないので、夕方の教室で、じっくりと秘密の花びらを観察することができる。

夕べ月明かりの下で見た時も思ったことだったが、彼女の襞は、びらっと少しはみ出している。それが、いかにも「いやらしい女です」という感じで、そそられるのだ。しかも、クリトリスも小さなビー玉くらいに大きく膨らんでいる。このＳＭっぽい格好といい、亜季帆の頭は相当にエッチなことが詰まっていそうだった。

「……好きにして……」

亜季帆は熱い瞳で、辰也を見つめてくる。

彼女の蜜襞《みつへき》からは、とろりとしたお汁が、溢れてきていた。

「濡《ぬ》れてるぞ」

と声をかけてやると、

「未来の夫候補に性器を晒《さら》しているんだもの。興奮しないわけがないでしょう？」

理屈っぽい返事をしながらも、亜季帆の腰はくねくねッと揺らめいている。そのたびに、貴重な宝石のように、秘蕾の中心が煌《きら》めく。

「好きにしろって言われても、どうしたら……」

蜜壺に指を突っ込んでみたり、または女汁を思いきり啜《すす》ってみたり、それからできれば、ぐいっとペニスを挿入させてみたり……。

もちろん、男たるもの、してみたいことは山ほどあるのだが、いざどうぞ、と脚を開かれると、なんとなくはいそうですか、と素直に従いづらいところはあった。

「……しかたないわねぇ」

怖じ気づいて立ちすくんだままの辰也に、亜季帆が何かを差し出している。

彼女の格好に驚いて気がついていなかったのだが、先ほどから、ずっと手に握っていたものらしく、温かくなっている。

近づいて受け取ってみると、それは、ピンク色のプラスティックのバイブレーターだった。ミニサイズで、リップスティック程度の大きさしかない。これがいわゆるピンクローターというものだ、ということくらいは、辰也も雑誌の記事などで読んで知っていた。

が、実物を見るのは、初めてである。

「安心して、新品だから。下着を買ったらサービスで付けてくれたの」

亜季帆はそう言うと、教壇の上に仰向けに寝ころんだ。

いつもは教師達が退屈な授業をしている場所に、素っ裸の女の子の身体が載っているのは、不思議な感じだった。

「……それを、クリトリスに当ててみて……」

亜季帆は少し腰を浮かせて、辰也にせがんでくる。

「い、いいのか……？」

改めてバイブを見ると、コードの端にスイッチが付いている。ONにしてみると、ぶるぶるぶる、と震えだした。人間の指ではとても作り出せそうにない、細かい振動である。これを突っ込んだら、確かに気持ち良さそうだな、と辰也はこんなものを思いついた人に妙に感心した。

「ひとりじゃ勇気がなくて当てることができなかったの。矢島くんに入れてほしい……」

亜季帆はすがるような瞳で、辰也を見つめている。

無表情で、冷静沈着な女の子だとばかり思っていたが、彼女は辰也にだけは、少しずつ心を開いてきているらしく、

「お願い……」

などとしおらしく、頼み込んでまで、くる。

そんな風に下手に出られるとひどく可愛《かわい》いし、それに、バイブを当てたら女の子の身体がどうなるのかも、気になる。

「それじゃ……」

彼女がいい、と言っているのだから、と辰也は遠慮なく教壇に近づき、まずはぷっくりと勃起《ぼっき》しているクリトリスにバイブを当ててやることにした。

皮を被っておらず、ずるんと剥《む》けている女豆は、いかにもビンカンそうである。

そうっとバイブを近づけると、一瞬触れただけで、

「あああああ、あんッ！」

と、亜季帆は身をのけぞらせ、バイブから逃れた。

「ご、ごめん、痛かった？」

「ううん……びっくりして……」

メガネの奥の彼女の瞳が、うっとりと潤んできている。

「こんなにスゴイなんて、知らなかったわ」

「どうスゴイの？」

「雷に打たれたみたいに、全身がビリビリするの……」

そんな快感は、辰也だって味わったことはない。少し羨ましく思いながらも、再び、クリトリスにバイブを寄せていく。

……今度は、亜季帆に逃げられないよう、彼女の腰を、しっかり押さえつけてもいる。　ビリリ、と淫核の上を撫《な》でると、

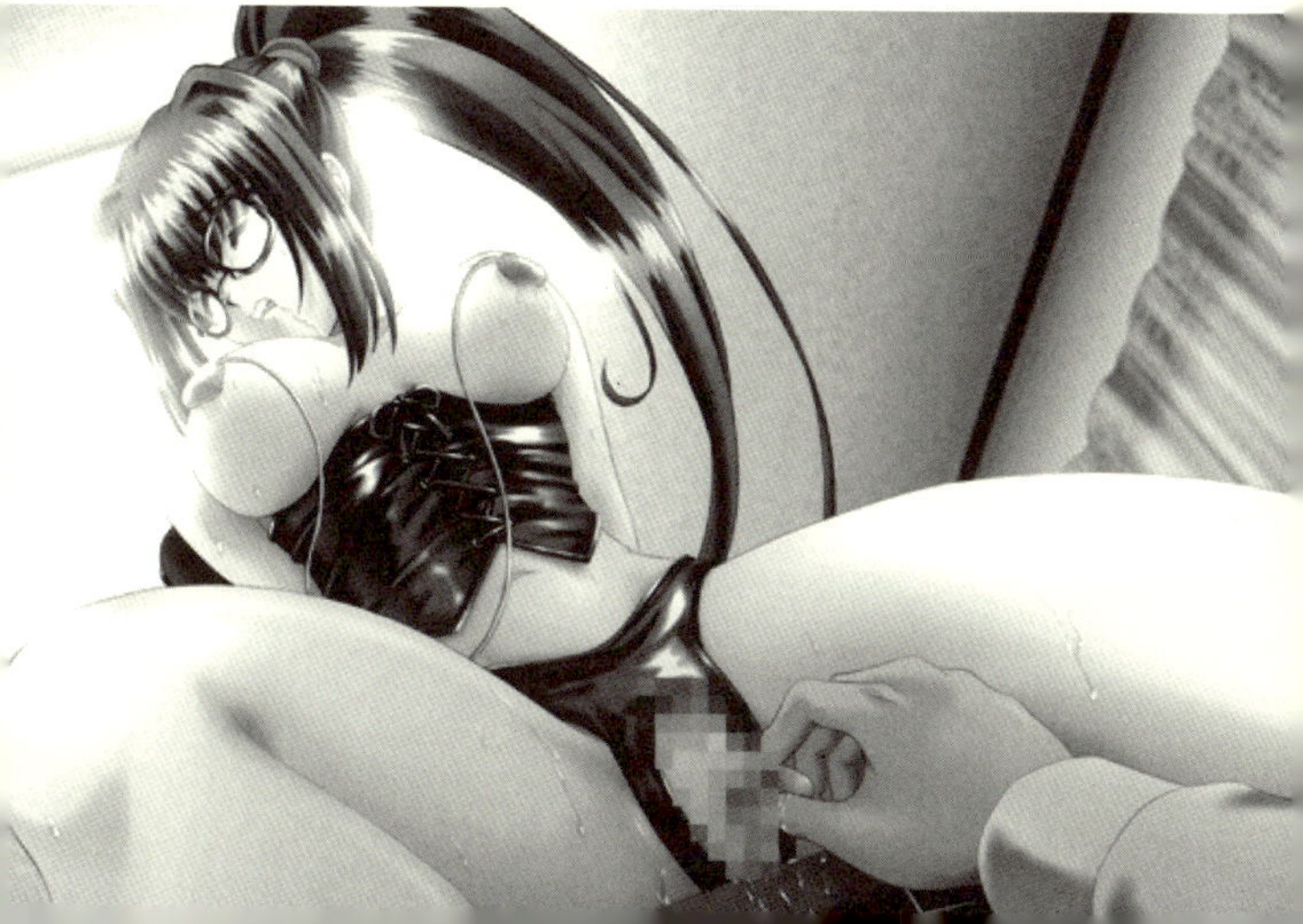

「あうぅッ！　あ！　はあ！」

必死に腰を引こうとして身悶《みもだ》えする亜季帆を掴《つか》まえ、無理矢理にバイブを当て続けていくと、亜季帆の顔がどんどん赤くなり、声も高くなっていった。

「あぅう、はうぅ、あ、ああああ～ッ！」

身体中びくびくさせながら、亜季帆は悲鳴をあげている。

これ以上やったらまずいかな……？と思い、辰也がそろそろバイブを引っ込めようか、と思った瞬間、

「あああ、ああ、出る、出る、出るぅ、なんか、出るッ！」

亜季帆がそう叫んで腰を波打たせた。

顔を真っ赤にして、目をぎゅっと瞑り、はぁあ、と大きな吐息を出している。

「亜季帆……」

知的な彼女のイキ顔は、普段の緊張から解き放たれたかのようにひどく穏やかで、また違う魅力を振りまいていた。

2

辰也は眠い目をこすりながら、ベッドの上の目覚まし時計を見た。

午前三時、をさしている。

いくら夜更かしの辰也とはいえ、さすがに、睡魔に負けてしまいそうである。

だが、辰也を寝かせてくれない人物が、目の前にいるせいで、睡眠を貪れない。

その人物とは……。

「ほらぁ、たっちゃん！　時間がないんだからね、ぼやっとしないでッ！」

……愛里である。

辰也は渋々、テーブルの上の紙に目を落とした。

そして、どうして自分がこんなことをしているのだろう、と思いつつ、消しゴムをごしごしとかけていく。

明日の朝一番に郵便局で速達を出さないと間に合わないのだ、と愛里に泣きつかれ、手伝うことになったのはいいのだが、それにしても、消しゴムかけがこんなに大変な作業だとは、辰也は思わなかった。

愛里には、皆に内緒の夢があった。

それは漫画家になる、ということなのだが、オタクだと思われるのがイヤだとかで、学園の中でそれを知っているのは、辰也しかいない。

子供の頃からお互いの家を行き来しているので、愛里がマンガを描いていることは、いやでも分かってしまったのである。

「……入院中には随分世話してあげたんだから、今度はあたしを手伝って！」

と言われ、四十枚の原稿の消しゴムかけを頼まれたのが、午前〇時。それから三時間経《た》って、やっと、最後の一枚に辰也は手をかけようとしていた。

下絵の線を消す時、力を入れないとちゃんと消えないし、かといって、力を入れすぎると、ケント紙にシワができてしまいそうだった。愛里は細かい性格らしく、かなりたくさん下絵の線を入れているので、その一本一本を綺麗《きれい》に消すのはなかなか神経を使う作業だった。

愛里が描いていたのは学園ラブコメディーらしいが、一枚一枚バラバラに渡されるので、ストーリーはよくわからない。が、せっかく頑張ってここまでやったのだから、うまくいくといいのだが……、と辰也も考えていた。

大統領になりたい、という亜季帆もそうだったが、漫画家になりたい、と一所懸命努力をしている愛里の姿も、魅力的だった。夢を持っている人には、人間、自然と応援したくなる。

ここまで深夜労働となると、少しキツかったが……。

「終わりぃ〜ッ！」

「終わった〜あ！」

二人同時に消し終わり、顔を見合わせて、笑うしかなかった。

「お疲れ！」

「んも～ッ、ほんと、ありがとッ、たっちゃん！」

愛里は泣き笑いの顔で原稿を封筒に詰め終わると、

「後は明日、郵便局でこれを出すばかり！　疲れた！　ちょっと寝るね！」

と、ベッドの上にごろんと横になり……。

アッという間に、すぅすぅ、と寝息を立てはじめてしまった。

「おい……」

狭いシングルベッドを独占されるわ、先に寝入られるわ、で辰也はさすがにムカッ、ときて、愛里を揺すったが、

「う……うん……」

と生返事が返ってくるばかりで、ぐっすり、と寝入っている。

愛らしいといえばそうだが、午前三時まで人を働かせておいて「ありがと」の一言だけでは、辰也も浮かばれない。

愛里は、連日、こっそりマンガを描いていたのだろう。辰也の入院の世話、退院後の食事の用意……と随分尽くしてくれている間に、おそらく睡眠を削っていたに違いない。積もり積もった疲れが一気に解放されたらしく、愛里はちょっとやそっと触れたくらいでは、びくともしなかった。

二人一緒に寝るには、このベッドは小さすぎる。

床でフテ寝しようかとも思ったのだが、それではあんまり虚《むな》しすぎるので、辰也は少し、愛里をいじって遊んでみよう、という気になっていた。

正直なところ、オナニーでもしたくなるくらいに、ムスコが疼《うず》いてきている。

愛里の服を脱がし、おっぱいを拝《おが》むくらいなら、彼女も許してくれるのではないだろうか、と考え、彼女のピンク色のブラウスのボタンをひとつひとつ、慎重に外していく。

途中で目が覚めて、

「なにしてんのよ、たっちゃん！」

と怒られても、

「いや……あんまり寝ているから、ちょっといたずらしてみた」

ととぼければ、ごまかせそうな気もしたし、そもそも毎日のようにハダカで辰也に迫ってきていた愛里のことだ。そう嫌がることはないだろう……という気がしたのである。

ブラウスのボタンを全部外し、右腕、左腕、の順に脱がしていっても、愛里は、時折顔をしかめる程度で、まったく瞳を開こうとはしない。

案外、辰也をからかって寝たフリでもしているんじゃないか……と思ったのだが、そうではないらしい。しばらく放っておいても、規則正しく、乱れのない気持ちよさそうな呼吸が続いている。どうやら相当深い睡眠に陥っているようだった。

愛里の胸には、ピンク色の花柄の可愛らしいブラジャーが息づいており、彼女の寝息に合わせて、盛り上がったり、また沈んだりしている。

ホックは背中にあるので、辰也はよいしょ、と彼女の身体を横向きにさせて、金具をぷちっと外し、ピンクのレースを床に落とした。

「んッ……！」

ぷる、と愛里が身震いした。

脱がされたから少し冷えたのかもしれなかった。

「よしよし、すぐあったかくしてやるぞ……」

自分でもなんだか変態っぽいセリフだな、と思いつつ、辰也は愛里に重なってみた。

ぎゅっと抱きしめると、脱力している彼女の身体はおとなしくそれに従っている。

ちゅッとキスをして、舌を中まで突っ込んでやろうと思ったが、歯で遮られて、なかなか奥まで入れさせてもらえなかった。

が、その代わり、彼女の歯や歯茎を、ねっちょりねっちょり、と舐《な》めてみる。

ほんのりと、眠気覚ましに飲んだ珈琲の香りがした。

「んん……ッ！」

唇に異変を感じたらしく愛里は手を伸ばし、辰也の顔を払おうとしてくる。

最初のうちはなんとか避けていたのだが、だんだん腕の振りが大きくなり、しまいにはばっちーん！と平手打ちを食らいそうな気がしたので、辰也は唇を離した。

そして、じっくりと目の前に迫る雪のように白い盛り上がりを見つめた。

ぷるんとしていて、ゼリーのように、彼女が呼吸するたびに、美味しそうに震えている。

くにゅ、と両手で揉《も》んでみると、

「あうぅ……ン」

と、妙に色っぽい寝言が出たので、起きたのかな、と焦ったが、そうではなかった。

愛里は眠りながら、それでも快感らしく、唇を半開きにして、はぁ……ン、と辰也の手の動きに合わせて息を荒くしている。

さらにマシュマロのように柔らかい乳房を揉み続けていくと、眠っているはずの彼女の顔はどんどん変化してきた。瞳は閉ざされているが、気持ちよさそうに顔の筋肉を緩め、少しずつ頬《ほお》に血の気も差してきている。

「ふうぅ……ン」

少し大きめの乳輪をつけた乳首を優しく摘んでやると、愛里は艶《なま》めかしい吐息を漏らしながら、きゅきゅッと乳首を勃起させてきた。

ひとしきりおっぱいをいじったところで、辰也のズボンのポケットの中にあるものが、カツン、とベッドのパイプに当たって音を立てた。

（そうだ、これが、あったんだ……）

亜季帆が昨日、バイブを忘れて帰ったので、辰也が預かっていたのである。

彼女は初めて味わったエクスタシーが相当強烈だったらしく、鞄を抱えてぼうっと教室を出ていった。珍しく忘れ物をしてしまったのだ。

だから辰也は律儀にもきちんと洗った後で、ポケットに突っ込んでおいたのである。

（愛里の乳首にバイブを当ててたら、どうなるだろう……）

辰也は思わずピンクの丸みのある先端を、ツンと勃っている乳首に当ててみた。

何も知らず、安らかに眠っている愛里に刺激を与えてみたくて、スイッチをＯＮにする。

ウィーン、とモーターが回り始め、ぶるぶるぶるる……と彼女の乳首をくすぐっている。

「きゃあああああッ！」

さすがの愛里もこれには驚いたらしく、ベッドから跳ね起きて胸を押さえ、再び、

「いやあああッ！　あたし、どうしてハダカなのッ!?」

と叫んでいる。起きたばかりでまだはっきりしない目で、辰也の手元を見て、

「なに……それ？」

と首を傾げて顔を近づけ、そして三度、

「うそ〜ッ、なに？　どうして？　それ……バイブ？　どうしてそんなの持ってるの？」

と悲鳴をあげた。

まさか亜季帆からもらったなんて言えないので、

「ちょっと……な。試してみたくなって通販で買ったんだ」

と誤魔化してみた。

「じゃあ、今、びりびりっと来たのって……バイブで……？」

愛里は不安げに乳首を撫でている。

「痛かった？」

「ううん……なんか……ヘンな感じだった……」

愛里は再びベッドに仰向けに倒れ、瞳を好奇心いっぱいにさせながら、

「……ね、もう一度、やって」

とせがんできた。

それなら、と辰也はバイブを乳首にあてがい、再びスイッチを入れてやった。

刺激が強くて女の子が逃げ出そうとする、ということは、亜季帆の時で経験済みだったので、しっかか、と左の乳房を握って押さえこんでおく。さらに、彼女の下半身は、辰也の

身体の重みをかけてあるので、逃れられない状態にしておいた。

だから、愛里は、否応なしに、激しい振動を与えられていく。

「いやあァんッ！　ああッ、はあぁッ！」

ぶるる、ぶるる、とバイブの振動と彼女の震えのせいで、バストが揺れている。

「どう？　すごい？」

そう囁《ささや》きながら辰也はさらに強く、バイブを押し当ててやった。

「あああ～んッ、や、やめてッ、たっちゃん……ッ！」

愛里は必死にこのバイブレーションから離れようと身を捩ったが、男の力にかなうわけもなく、幾ら身体の角度を変えたところで、しっかとバイブに密着され通しでいる。

「あうう、はうぅうッ！　あ、なに、これ、やだ、なに……っ！」

グングン高まる性感に慌て戸惑いながら、愛里は頬を真っ赤にさせていく。

「あああ……たっちゃん、たっちゃん、あたし、ヘンになっちゃう、なっちゃう……ッ」

ぶるんぶるんと豊かな乳房を揺すりながら、愛里は泣き声をあげた。

「ヘンになっていいんだよ」

辰也はそう囁きながら、スカートを素早くめくり上げ、パンティーの上から、ヴァギナに触れてみた。

そこは、僅かに湿っている。

花びらの形を辿るように、指でなぞってやると、

「あッ、あぁん！」

と甲高い声で愛里は叫んだ。

だが、まだ、達しそうにない。

辰也は乱暴にパンティーを下ろすと、直に蜜芯に指を這《は》わせてみる。

くちゅり、という音がするところに、指をずぶッ、と入れ、何度も抜き差しさせてやる。

「はあぁ、たっちゃん、何してるのッ、あ、あたし……あたし、もぅ……ッ！」

乳首とヴァギナのダブルの刺激で、愛里はついに昇り詰めていった。

「ああああ……あ、あああぁッ！」

辰也の指に何か生温かい液が降ってきた。

何かと思って見ると、愛里の女壺から、辰也の指の動きに合わせて、ぴちゅぴちゅ、と汁が飛んできているのだ。

(汐《しお》だ……ッ！)

辰也は息を呑《の》んでそれを見つめた。

愛里の中で潤っていた女液が、何回かに分けて、溢れてきているのだ。

その染みがシーツに落ちていくのを、愛里も気づいたのか、

「ああ、なんか、出てる、はああ……、なんか気持ち……イイ……」

そう遠い目をして、呟いた。

凄《すさ》まじい快感に襲われ、一気に絶頂を迎えた後は、また緩やかな安らぎが愛里に戻ってきたらしい。

彼女は半裸のまま、また、眠り込んでしまった。

辰也はそっとその上に布団をかけてやり、幸福感でバラ色に染まったままの彼女の頬に、優しくキスをした。

3

目覚まし時計が七時に鳴り出し、愛里も辰也も、充分寝たとは言えないまま、ぼんやりと起きあがった。

「あれ……あたし、なんでハダカなんだろ……」

愛里は首を傾げている。

夕べのことを、覚えていないようだった。

「なんか、たっちゃんがバイブを握ってるすごくエッチな夢を見ちゃった……ふふ。あたしったら、コーフンして脱いじゃったのかしら」

すべて、夢だったと思っているらしい。

「さ、郵便局に行く前にちゃんと朝御飯食べよ」

女の子というのは、どんな時でも食べ物のことが頭から離れないらしく、愛里は手際よくトーストとハムエッグを作ってくれた。

二人でそれを食べているところに、玄関のチャイムが鳴った。

「はい？」

辰也がドアを開けると、薫子が立っていて、

「先輩、朝早くからごめんなさい。これ……」

と、羞じらいつつ、お弁当箱を差し出している。

「私、部活で、今日、お昼休みに集まりがあるんです。だから、朝のうちにコレ、渡しておこうかと思って……」

「わ、悪いね、わざわざ……」

辰也が黄色いバンダナで結ばれた大きな箱を受け取った時、後ろから、

「たっちゃん、だぁれ？　宅急便？」

と愛里が顔を出した。

まずい！

……と思った時は、もう、遅く、薫子は衝撃的な光景を目にしてしまっていたのだ。

明らかに寝起きという感じの、髪の毛ぼさぼさ、服もシワシワの彼女が、フォーク片手

に現れてしまったのだから……。

よろ……ッ、と薫子がよろけている。

瞳に、どっと、涙が溢れている。

「もしかして、ゆうべ、先輩と愛里さん、ここに泊まった……んですか」

「そうだけど……」

愛里もさすがにすまなそうに遠慮がちに口を開く。

「でもね、薫子ちゃんが考えているようなことは、なかったのよ。ただあたしの用事の手伝いをしてもらっただけで……」

ちゃんと事の次第を愛里が説明したのだが……。

もう、玄関前から、薫子の姿は消えていた。

慌てて辰也が外に飛び出したが、足が速い彼女は、すでに遙か遠くへと行ってしまっていた。

愛里を振り返ると、彼女も気まずそうな顔をしている。

「あの子、絶対、どこかで泣いてるよ。探してあげたら？　たっちゃん……」

恋のライバル同士とはいえ、強烈なショックを与えてしまったことを申し訳なく思っているらしく、

「あたしも、学校で会ったりしたら誤解は解いておくようにするから」

と呟いた。

だが、薫子はついに、今日は登校してこなかった。

辰也は気にして休み時間ごとに彼女の教室を覗《のぞ》いてみたが、そのたびに、誰もいない、鞄も掛かっていない淋《さび》しそうな机が目に入るだけだった。

気になって彼女の家に電話をしてみたのだが、両親も店に出ていて留守らしく、虚しくベルが鳴り響くだけだった。

放課後になったので、さりげなく彼女の両親の経営する酒屋に寄ってみて、

「薫子ちゃん、元気ですか？」

と尋ねてみたのだが、何も知らない父親からは、

「ほんとにあいつは健康だけが取り柄で、カゼひとつひかないよ。今日も元気で学校に行ってだろ？　学年が違うからあんまり見かけないかい？」

と言われてしまった。

やはり、薫子は、どこかに身を隠してしまっているらしい。

彼女がどこにいるのかなんて、辰也には見当もつかなかったが、だが、もしかしたら……、と、頭に不意に浮かんだ場所がある。

それは、先日二人で抱き合った、あの繁みの中、だった。

あそこなら身を潜めやすいし、なにより、辰也との思い出がある場所である。傷心の薫子がふらふらとそこに入り込んだとしても、不思議はない。

夕闇が迫る中、遊歩道に急ぎ、辰也は、二人が潜った繁みを見つけだし、中を覗いてみる。

黒いローファーと白いハイソックスが、まず、目に入った。

そして、眠るように横たわっている薫子の姿がそこにあった。

あまりにも気持ち良さそうに寝ていて、しかも顔色が少し青かったので、辰也は心配になった。ひょっとしてひょっとしたら睡眠薬でも飲んだりしているんじゃないか、と思ったからだ。

「薫子ッ、薫子ッ！」

彼女を抱き上げ、強く揺すってみると、

「う……う～ん……あれ……？　先輩……？」

薫子はぼうっとした顔で、目を開ける。

「どうしたんだよ、学校にも来ないでこんなところにいて」

「……」

目覚めてまた、つらい現実に直面してしまったらしく、薫子は暗い顔で目を伏せる。

「だって……。学校、行きたくなかったんです。先輩と三津邑先輩の仲がいい姿見るの、つらくって……。気がついたらこの繋みに来てしまっていて、それで、先輩にあげるはずだったお弁当食べて……それで、寝てしまってたみたい……」

「あ、あのさ」

辰也は慌てて薫子を遮った。

「なんか誤解してると思うけど、愛里は確かに昨日俺の家に泊まったけど、それはマンガの応募原稿を仕上げるために徹夜していただけ。俺とエッチしてたわけじゃないんだよ」

そう言った途端、薫子は一瞬目を輝かせたが、すぐに疑い深い顔になり、

「……ほんとですか……？」

と注意深く尋ねてきた。

「ほんとだって。なんなら愛里に聞いてみなよ。あいつ、朝一番で出版社に書留の原稿を出してるから、その控えを持ってるはずだ」

「……そう……だったんですか……」

薫子は小さな声でそう呟くと、すっくと立ち上がり、服についた芝を払うと、遊歩道に出ていき、すたすた、と歩き出した。

「どうした？」

いやに早足で、辰也のことも振り返らずに、さっさと進んでいく彼女を不思議に思い、辰也は慌てて追いかけ、肩を並べて歩く。

「……私、バカですね……」

辰也の顔も見ず、真っ直ぐ前を向いたまま、薫子は独り言のように語り始めた。

「私、ひとりで勝手に思いこんで落ち込んで……。今日一日を棒に振ってしまって。本当にバカみたいです」

きゅっと唇を噛《か》み、さらに薫子は続ける。

「なんか、私、恥ずかしくて、先輩の顔、見られません……。三津邑先輩にも、申し訳なくて……」

遊歩道脇にある公園に入ると、薫子は、ジャングルジムの方へ近づき、ぎゅ、と肩の前にある鉄の棒を握りしめた。

「別に、俺も愛里も、全然迷惑してないから。気にすんなよ、な？」

辰也は後ろから声をかけたが、薫子は、返事もしないし、振り向きもしない。

辺りはいつのまにか闇が忍んできていて、もちろん公園には人影もない。

「私……私、ヘン、なんです」

やっと薫子が口を開いた。

「先輩と三津邑先輩がエッチしていたんだ、って思いこんじゃった時……。嫉妬《しっと》もしたけど、それ以上に、三津邑先輩がうらやましくてうらやましくて」

薫子は悩ましげな目線と共に、辰也を振り向いた。

「……先輩は、本当に三津邑先輩とエッチしてないんですか」

「してないよ。ついでにいえば亜季帆ともヤッてないぞ」

これは本当のことなので、辰也は正直に答えた。

「……それなら」

薫子は制服のプリーツスカートをめくり上げ、するするとパンティーを下ろした。

闇の中、白い小さな布切れが彼女の膝の方へと降りていく。

薫子はずい、とヒップを辰也の方に差し出して、

「それなら、私とエッチしてください。先輩……」

と誘っている。

「バカ、こんなとこでそんな格好……」

辰也が叱《しか》っても、薫子の決意は変わらないらしく、

「私、今日、はっきりわかったんです。先輩のおち○ち○が欲しいんです」

突き出されたヴァギナに公園の常夜灯の光が当たっている。

ぱっくりと開いた秘裂は、襞のはみ出しもなく、幼そうだけれど、充分に潤っている。

「先輩……入れてください。私、この間、繁みの中でアソコを舐められた時から、ずっと、濡れっぱなしなんです……」

薫子はジャングルジムにしがみついたまま、辰也にすがるような視線を向けている。

「お願い……早く……」

右に左にヒップを揺すって愛をせがむ彼女を見て、辰也の気持ちも傾いた。

「俺なんかが入れちゃって、いいのか？」

「俺なんか、じゃないです」

薫子はそう答えると、さらにつん、とヒップの位置を高めた。

「先輩だから……。入れてほしいんです」

辰也は周囲を落ち着いて眺めた。薫子が立っているところは照明が当たってしまっているが、ジャングルジムの反対側は、闇に包まれている。そこでなら、人目にもつかなそうだし、万が一見られたとしても、結合部分がくっきりその人の目に映ることはないと思えたので、辰也は、

「こっちにおいで……」

と、薫子を移動させ、そして、優しく後ろから抱きしめてやった。

スポーツをしているから、彼女の身体は、ほどよくきゅっと締まっている。

抱き心地がいいその女体を、強めに引き寄せると、薫子はうれしそうに、剥き出しのままのヒップをこちらに擦《す》りつけてくる。

そっと秘唇に手をあてがってやると、すでにぐっちょりと濡れていて、男根を待ち詫《わ》びている。

「せ、先輩……、私、私、恥ずかしいけど、先輩のこと想ってオナニーしちゃったんです」

薫子はため息と共に打ち明けてきた。

「こんなことしちゃいけないって思っても、なんだかモヤモヤして、アソコを触っちゃってました。だけど、やっぱり私の指じゃダメなんです。先輩に入れてほしくて……」

とろり、と辰也の指を女汁が伝わっていく。

かなりの濡れ具合なので、指を試しに差し入れてみても、にゅるん、とスムーズに奥へと運ばれていく。

「は、初めてなんです、私……」

薫子はそう告げて、少しだけ心配げに、

「痛いでしょうか……」

と聞いてきた。

「大丈夫。こんなに濡れてるんだから、あまり痛くないと思うよ」

辰也はそう答えながら、ズボンのジッパーを下ろした。

薫子が振り向き、今から自分の中に入ってくるであろう肉の棒を熱い目で見つめている。

「入れたことないのに、不思議です。すっごく、先輩に、入れてほしい……」

ライバルに勝ちたいから、とか、辰也の心を手に入れたいがため、とかいう姑息《こそく》な計算で言っているのではない、ということは、振り向いている彼女の火照った頬と色っぽい目線で、わかる。

本気で求められている、と思うと、辰也の股間も熱くなる。

彼女の締まったヒップを抱え、とろとろと蜜を溢れさせている蜜壺の中に、ぐちゅり、と亀頭を浸してやると、

「はあぁ……ッ！」

という吐息と共に、いきなりヴァギナがしっか、とペニスを挟み込んできた。

「もう少し、力を抜いて……」

そう声をかけると、

「は、はい……」

ふぅ〜ッ、と息を吐いて、薫子はなんとかヒップを緩めた。

ひどく緊張しているらしいので、少しずつ挿入させても、いちいち反応するだろうからお互いに大変だ、と辰也は感じた。

これほど濡れているのだから、一気に貫けるだろう、と、ずぼっ、と奥の奥まで差し込んでみると、

「あうッ、ああッ！」

途中、何か固い襞に触れたような気もしたが、無事にそこも通過し、辰也の肉茎は、薫子の淫《みだ》らな道の行き止まりまで達した。

「うぅ……ッ！」

　薫子が顔をしかめたので、

「痛かった？」

と聞くと、首を横に振っている。

「大丈夫……。痛くないです。ただ……あんまりいっぱいだから」

「いっぱいって？」

「先輩のおち〇ち〇がすごく大きくて、私のアソコの中、もういっぱいです……」

　薫子は微笑《ほほえ》んでいる。あまりに可愛い表情なので、辰也は顔を近づけ、彼女に口づけた。

　そしてゆっくりゆっくり、ペニスを入れたり出したり、してみる。

「ん……せんぱ……い」

　くちゅ、ぴちゅ、とたっぷり濡れた女芯は音色を奏でている。

　辰也がピストンを続けていくと、薫子は、徐々にとろんとした目つきになっていき、

「ああ……すごい……先輩……、すッごく気持ちいい……っ！」

と、甘い甘い喘《あえ》ぎ声を出している。

　薫子の秘芯はひどく濡れていて、それでいて小気味よくきゅっきゅっと締まっている。

　スポーツをしているせいで、アソコの筋肉も知らず知らずのうちに鍛えられているのか、

　辰也が肉茎を差し込むと、ひくっとそれを包み、引き抜こうとすると、ぎゅう、と離れま

いとして絡みついてくる。

とてもヴァージンとは思えない多弁な淫襞に辰也は発奮した。

「薫子のアソコ、すごくいやらしいよ。ひくひくしてる」

そうささやきながら、彼女のブラウスの前ボタンを慌ただしく外し、まだ幼いバストをブラジャーの中から引きずり出した。

そして、力いっぱい揉みながら、ピストンを繰り返してやる。

「あぅ、先輩、こんなところで……」

白い胸を露出させながら、薫子が恥ずかしそうにヒップを揺すり始めた。

「こんなところで、最初におま○こを出してきたのは、薫子だろう？」

わざともっと恥ずかしがらせるようなセリフを言うと、

「あう、いやん、いや……ッ、はああ、先輩……ッ！」

ひどく感じて、薫子のヒップの揺れは、左右から前後になっていった。

彼女のヒップと、辰也の腰とが、激しくぶつかり、ぱん、ぱん、という音が、夜の公園に響いていく。

「あああ……ッ、せ、先輩ッ！」

薫子の秘肉が、こらえきれないかのように強く強く男棒を握ってくる。

「はああ……、す、すごい。私、飛ぶ、飛んじゃいます～ッ！」

ぎゅ、とジャングルジムにしがみつき、白い乳房を闇に揺らしながら、薫子は身体中を震わせて絶頂を迎えようとしている。

薫子は瞳を閉じて、

「あああ……ッ！」

と何度も何度も、せつない声をあげ続けている。

彼女の肉芯がさらに強くペニスを締めた時、辰也もたまらずに、発射していった。

細かく震える襞の中へと、どくどく、とザーメンは染み込んでいく。

「はああ……。ああ……ッ！　先輩、熱い……ッ！」

射精が薫子にも伝わったのだろう。

びくんびくんと身体を痙攣《けいれん》させながら、熱い、熱い、と呻いている。

薫子としばらく離れがたくて、蜜芯の中に辰也はしばらく浸り続けていた。

第5章　特別扱い、してあげる……

1

翌日、登校した時、辰也は薫子と下駄箱でばったりと会ってしまった。

どうにも気まずくて顔を逸らしてしまったのだが、薫子のほうは、わりと平気で、

「おはようございます、先輩ッ」

と元気良く挨拶《あいさつ》してくる。

隣には一緒に登校してきた愛里もいるというのに、薫子は落ち着いていて、

「昨日は、お騒がせしてしまって、すいませんでしたッ」

と彼女にも頭を下げている。

辰也とひとつになれたことが、相当彼女の心の中に悦《よろこ》びを与えたようで、今までのようにどこか自信なさげで不安めいた表情は、見せなくなっている。

もちろん、エッチをしたからといって、辰也の彼女になれたとは薫子も思ってはいない。

夕べ、彼女を家まで送り届ける時にも、さりげなく、

「先輩……。私を選んでくれても選んでくれなくても、私、先輩が決めたことなら従いますから……」

なんて、けなげな一言を伝えてきてもくれていた。

だが、惚《ほ》れた男と繋《つな》がることができたという満足感が、薫子を大人《おとな》にしたらしい。

愛里も薫子の変化に気づいたらしく、

「なんか彼女、変わったたね。女っぽくなった気がする……」

と驚いている。だが、その後で、

「たっちゃん、薫子ちゃんに何かしたんでしょ？」

と鋭い突っ込みを入れてきたのには辰也も閉口したが……。

辰也自身、セックスをしたからといって、薫子への想いが他の誰よりも強くなった、なんてことは、ない。

もちろん、薫子は可愛《かわい》いし、アソコも気持ちが良かったが、だからといって、彼女ひとりだけと付き合っていけるかというと、まだそこまで思い切れるほどの決定的な〝何か〟がない気がしていたのだ。

こんな自分はかなり優柔不断だ、とわかってはいるが、ひとりに絞れないのだから、仕方がない、と自分自身あきらめていた。愛里にも薫子にも亜季帆にも申し訳ない、とは思ったが、決められないものは、決められないのである。

そして、そんな迷いある日々とは関係なく授業はどんどん進んでいき、どこか上の空で授業を受けていた辰也は、当然ついてはいけなかった。

なので、今日も、亜季帆について、教室で居残り勉強をしている。

「……矢島くんは、やればできるのに」

数学の簡単な問題に辰也がつまずいたので、亜季帆はため息をついた。

「そこは昨日教えたでしょ。もう忘れちゃったの……？」

「……ごめん」

亜季帆を煩わせていることが申し訳なくて、辰也はうなだれた。

「俺、ほんとバカで、ごめんな」

「矢島くんはバカなんかじゃないわよ」

自信を持って亜季帆はそう言ってくる。学校一の秀才にそう言われると多少はうれしいが、彼女の場合、惚れたせいで、かなり辰也のことをひいきめに見ているような気がしてならない。

「なんだか最近、勉強に集中できてないみたいね」

こういう時、普通の女の子なら、心配そうに辰也の顔を覗《のぞ》き込んだりしてくるのだろうが、クールな亜季帆はそうはしなかった。

だが、再び、教室の鍵《かぎ》を締めている。

「ほんとは、成績が上がった時にだけご褒美をあげるべきなんだろうけど……」

そう呟《つぶや》きながら、するり、と制服のプリーツスカートを落とした。

今日も彼女はノーパンであった。しかもボンデージ風の下着も、縄も食い込ませてはいない。割れ目がくっきりとヘアの間から透けて見えている。

「矢島くんがあんまり元気じゃないから……慰めてあげる」

そういって、ベストもブラウスも、次々と脱いでいく。

ついに亜季帆は白いハイソックスだけを残しただけの、全裸姿となってしまった。

「お、おい、亜季帆……」

戸惑っている辰也に、

「来て」

と一言、亜季帆は囁《ささや》いた。

「だ、だけど、どうして……こんなにしてくれるんだ」

「私、自分のご主人様には、絶対服従するタイプみたい」

亜季帆はきっぱりとそう言い切って、教壇の上へと仰向けに寝ころんだ。

それほどクセのついていない、黒く真っ直ぐなヘアが、恥丘にふさふさと繁っている。

わりと濃いめのヘアは、いやでも辰也の目を引いた。

「……矢島くんが脱げって言えば脱ぐし、舐《な》めろって言えば舐めるわ。私、矢島くんの命令だったら、断らない」

「どうして、そんなに、俺に……」

しどろもどろになっている辰也を見上げながら、

「まあ、一般的な言語で表現すれば、好きだから、ってことなんじゃないかしら」

と亜季帆は打ち明けてきた。

「好きな人が悦ぶことだったら、なんだってしてあげたいって思うのが、女心でしょ」

亜季帆はそう言った後で、頬《ほお》をぽうっと赤らめている。

さすがに照れ臭かったようだ。

「そ、それじゃ……」

辰也は閉ざされている太腿《ふともも》をちろっと見て、試しに、

「……脚を大きく開いてくれないかな」

と頼んでみた。

「いいわよ」

亜季帆は少しずつ、じりじりと腿《もも》を左右に広げていく。

やがて、ピンクの秘裂が現れ、その合間からいやらしい花びらがちらりと顔を出した。

「こ、これで、いい……？」

気丈な彼女も、さすがに羞恥《しゅうち》で声を震わせている。

辰也が股間《こかん》に顔を近づけ、じっくりと観察を始めたからだ。

「ああ……すごく、綺麗《きれい》だ……」

「綺麗だなんて……そんな……私、そんなこと、今まで言われたことないから、なんだかヘンな気持ち……。いつも、男の子からは頭がいいね、としか言われないもの」

「亜季帆は綺麗だよ」

辰也は力強くそう言うと、再びヴァギナに視線を落とした。

ピンクの小陰唇は、緊張のせいか、少しだけひくひくと蠢《うごめ》いている。

小さなブドウの粒のようなクリトリスも、ぷっくりと膨れ、興奮を示している。

何よりの証拠に、蜜壺《みつつぼ》の入り口から、とろとろと淫《みだ》らな汁が溢《あふ》れてきている。

「もう……いい？」

太腿の付け根をひくつかせながら、亜季帆が尋ねてくる。

「うん、見るのは、もういい。今度は……」

辰也は言うよりも早く、彼女の秘唇に口をづけた。そして、

「舐めさせてほしい」

と言うと、亜季帆は、

「ど、どうぞ……。はあぁん」

と甘い息を吐いてくる。

じゅじゅ、と吸った彼女の蜜も、少し甘く、薔薇《ばら》のようないい匂《にお》いがした。

「あああ……あ、あああ……ッ」

蜜を吸うだけでなく、べろべろと襞を舐めてやると、亜季帆はそのたびに声をあげ、苦しそうに顔を歪《ゆが》めている。

ラブジュースは次から次へと溢れてきていて、彼女の興奮具合がよくわかる。

「気……気が済むようにして……」

かなり感じてびくんびくんとヴァギナをひくつかせながら、それでも、亜季帆は気丈にも、そう言って、辰也に主導権を握らせたままでいる。意外な献身ぶりに感動して、辰也は今度はクリトリスをずっぽりと口に含み、舌で転がしてやった。

「あうぅ、あ、あああ……ッ！」

亜季帆は背中をぐぐっと反らし、身震いをしている。

先日もクリトリスにバイブを当てたらイッてしまったし、彼女はクリトリスが相当ビンカンなようだった。

「はああ……ッ、あ、あ、あああぁ……ッ。な、なんだか、イッちゃいそう……ッ！」

甲高い亜季帆の喘《あえ》ぎを聞いて、辰也は、動きをぱたりと止めてやった。

「あ、あぁン、なんで……？」

「もう、舐めるのは終わりだ」

残酷にもそう宣言すると、辰也も全裸になり、亜季帆の上に重なった。

「今度はチ○ポをま○こに入れたい」

はっきりと発音してやると、亜季帆は恥ずかしがって、目を伏せてしまった。

「な……いいだろ？」

亜季帆の身体の上で、辰也はごりごり、と固く勃起《ぼっき》したペニスを恥丘の周辺にすりつけてやった。

「あ……あ……ッ」

感触を確かめるかのように、亜季帆の手が、肉の棒をくるんだ。

「すごい……こんなに大きいのが、入るの？」

「入るよ」

今までの女性経験から、小さな淫芯なのに、ぐい、と押せば、亀頭がずるん、と入るということは辰也はわかっていた。亜季帆のヴァギナは濡《ぬ》れているし、ヴァージンであっても、わりとあっさりと奥まで行けるはずである。

「矢島くんが入れたいのなら……入れて」

亜季帆は緊張した面もちで、辰也に声をかけた。

「ありがとう」

開いた脚の間に腰をずい、と入れ、尖端を秘芯に差し込むと、予想通り、ぬるぬると愛液が絡みついてきている。

緊張のあまりピンと張っている彼女の太腿に優しく手をかけながら、辰也はゆっくり、ゆっくりと貫いていった。

「あう……あ、あ、あ……」

亜季帆の膣《ちつ》の中はわりと真っ直ぐで、弾力のあるゴムホースの中をずるずると進んでいるかのような感触を受けた。ゴムホースにしては、中がいぼいぼとしていて気持ちがいいので、辰也はたまらず、ぐちゅ、ぐちゅ、とペニスを往復させ始めていった。

「あうぅ、あぁ……ッ！」

普段は気の強い彼女も、今は、ペニスを受け入れることで必死らしく、瞳を固く閉じたまま、はぁはぁと息を荒くついている。

「痛くないか……？」

奥の奥まで辿り着いた時、尋ねてみたが、

「少し痛いけど……でも、大丈夫」

亜季帆は気丈にも微笑《ほほえ》んでいる。

「矢島くんは、気持ちいいの……？」

「俺？　俺はもちろん、気持ちいいよ」

こんな時にも辰也を気づかってくれている亜季帆の優しさに、辰也は、はッとした。

今までも授業についていけない辰也のためにノートを持ってきてくれたり、授業を教えてくれたり、亜季帆は亜季帆なりに辰也に尽くしてくれていたのに、それに気づかなかった自分が、不意に情けなくなる。

彼女は塾や委員会などでひどく忙しいはずなのに、今日だって、こうしてヴァージンまで投げ出して、辰也を励まし続けてくれている。

　こんなに想われている、ということを、奥までペニスを浸して、辰也はやっと知ったのだった。

　亜季帆の肉の襞達は、辰也の男根を受け止めるだけで精一杯らしく、緊張で淫道も、ひどく幅が狭くなっている。

　だが、狭くなっているがために、辰也はかなりの快感を得ることができていた。

「亜季帆……」

　辰也は名前を呼びながら、何度もピストンを繰り返した。

　そのたびに、道幅の狭いヴァギナの中へ、ムスコが果敢に潜り込んでいく。

「あうぅ、あ、あ、矢島くん、矢島くん」

　ぎしぎしと腰と教壇が軋《きし》み、亜季帆の乳房はピストンの激しさで、上下左右に揺れている。

「あうぅ、す、すごい、ぐちょぐちょしてる……」

彼女も自分の濡れ具合は自覚できているらしく、目を閉じたまま、ぎこちなく、辰也に合わせて腰を動かしている。

襞の隙間《すきま》という隙間に愛液がぬめりこみ、辰也のペニスをぬちゅぬちゅとシゴいていく。

「あぁあ、や、矢島くん……」

「亜季帆……最高に気持ちいいよ」

辰也は彼女の揺れる乳房に唇を添え、乳首を力一杯吸ってやった。

「あぁあッ、は、はあぁぁんッ！」

乳首もヴァギナも同時に刺激を受けたせいで、亜季帆は呆気《あっけ》なく達し、

「や、矢島くん、いくぅッ、いくッ！」

と鋭く叫んだ。

ぬちゅり、ぬちゅり、という淫靡《いんび》な響きがする蜜芯の中で、辰也も精を想いきり放出していった。

2

ガタ、と教室の扉が揺れたので、辰也と亜季帆は慌てて教壇の上から降り、お互いに衣類を羽織った。

だが、扉は開かない。

よく考えたら亜季帆がエッチをする前に鍵をかけていたのである。

「……あれえ～？　開かない……」

ドアの向こうには、愛里の声がする。

「おっかしいな……。ちょっと、たっちゃん、中にいるのぉ？」

辰也は亜季帆と顔を見合わせ、お互いに大急ぎで服を身につけた。

そして、何食わぬ顔をして、辰也は鍵を開けた。

「どうしたんだよ、なんか、用……」

そう言いかけたところで、愛里が、
ばっち～んッ！

と、平手打ちを食らわせてきた。

「いッて～ッ！」

頬を押さえながら彼女を見ると、唇をわなわなと震わせてる。

「たっちゃん、あんたって、最低ッ！」

彼女は目からぽろぽろと涙を流している。

責められても、泣かれてもしかたのないことを、教室でやっていたので、辰也は、何も言い返すことはできなかった。

愛里は辰也と亜季帆の服が乱れているからエッチをしていたのだと悟ったのか、それとも教室のドアが閉まっていたからなのか、または、ドアの向こうに亜季帆のヨガり声が漏れ聞こえていたのか、それはわからないが、とにかくバレた、と辰也は確信した。

他の女とエッチしたということがバレたのだから、もう、愛里を失ってもしかたがない、と心の中であきらめをつけようとしたのだが、何かどうしてもあきらめきれないような淋《さび》しいような感情が胸に湧いてきた。

だが、いまさら彼女に追いすがったところでもうダメだろうな……と辰也がむりやりにでも愛里をあきらめようとしたところで、

「最低ね、お喋《しゃべ》り男ッ！」

と愛里が叫んだのだった。

「お喋り男……!?」

この浮気者ッ！とかヤリチン野郎ッ！などと怒られるのならわかるが、なぜ、亜季帆といちゃついていて〝お喋り男〟となじられるのかが、よく飲み込めなかった。

「クラスのみんなにバレちゃったじゃないの！」

愛里は泣きじゃくりながら、続けている。激情している彼女を遮ることもできず、辰也は呆然《ぼうぜん》とその苦情を聞いていた。

「私、私、ずっと秘密にしていたのに……。クラス中の人から『マンガ描いてるんだって

ね』って言われてるのよ。もう、恥ずかしくて、恥ずかしくて……」

「……はあ？」

興奮している彼女からなんとか事情を聞き出してみると、どうやら、昼休みを過ぎた頃から皆にチラチラと指さされたりするようになり、そのうち何人かは「マンガ描いてるなんて、知らなかったよ」と言ってきたのだという。

「私がマンガ描いてるなんて、知ってるの、たっちゃんだけなんだから。たっちゃんしかバラす人はいないのよ」

愛里は握り拳《こぶし》をさらに固く握りしめ、手のひらに爪《つめ》を強く押しつけてわなわなしている。

「ちょ、ちょっと待ってよ。俺、誰にも喋ってなんか、いないよ……」

「じゃあ、誰が言うっていうのよ！　バカッ、もう、知らないッ！　絶交だからねッ！」

愛里は今度はどん、と思いきり両手で辰也を突き飛ばすと、全速力で廊下をダッシュしてしまっていった。

「あ、おい、ちょっと待てよ、愛里！　愛里ったら！」

愛里が亜季帆との仲を勘ぐって嫉妬《しっと》したわけではない、ということで内心ホッとした辰也だったが、彼女がマンガを描いているということが、どういうルートかは知らないが、漏れてしまっているらしい。

だが、辰也は神に誓っても彼女の秘密をバラしたりなどはしていない。

人の秘密を無闇に喋ってはいけない、と昔道徳の時間に習ったから、ではない。

愛里が必死で隠していることを漏らしでもしたら、どれだけの怒りが辰也に降ってくるか、わからなくて、恐ろしかったからだ。

だが……辰也ではないにしても、誰かが、愛里のマンガ描きについてふれまわったことは確かである。

その時、辰也の頭の中に疑惑が浮かんだ。

確か、薫子にだけ、ぽろッ、と漏らしてしまったことを思い出してしまったからだ。

愛里と朝食を頬張っていた時に彼女が来て泣きだして飛び出していったから、釈明のために、

「あいつが描いてたマンガの原稿の仕上げを手伝っていただけだよ」

と、ついうっかり、口にしてしまったのである。

(でも、まさか、薫子が……!?)

彼女がそんな、噂《うわさ》をバラまいたりするような子ではないとは思ったが、一応確かめてみなくては、と辰也は立ち上がった。

「……行けば？」

そわそわしている辰也に、亜季帆が素っ気なく呟いた。

さっきヴァージンを失ったばかりとは思えない冷静さは、彼女ならでは、である。

「ご、ごめん、俺、ちょっと……」

　辰也が鞄を抱えて教室を出ていこうとすると、亜季帆が、

「ほんと、矢島くんって、三津邑さんには、特別なのね」

と、ちくッとする一声を発した。

「俺が、あいつに、特別？　そんなこと、ない……」

　慌てて弁明しようとしたのだが、亜季帆は取り合わなかった。

「この間もそうだったわ。私があなたにアソコの縄を見せていた時に三津邑さんがショックで飛び出していっちゃって……。そしたら矢島くん、慌てて追いかけていったじゃない」

「そ、そうだっけ……」

　亜季帆の記憶力の良さに舌を巻きながら、辰也は頭を掻《か》いた。

「そうよ……。矢島くんって、自分で気がついていないのかもしれないけれど……」

　自嘲《じちょう》気味な笑みを浮かべながら、

「結構、三津邑さんのこと、いつも、追いかけているように見えるわ」

と言った。

「俺が……？　愛里を……？」

　亜季帆に指摘されても、辰也にはあまり自覚も出てこなかった。

「……さ、行きなさいよ」

そう促されて、教室を出る。

薫子のクラスに行ったが、彼女の鞄はもうなかった。

校庭でランニングをしている薫子を掴《つか》まえ、

「な、愛里のことで、ちょっと聞きたいんだけど……」

と辰也は問いかけてみた。

彼女に疑いをかけているようで申し訳なかったのだが、聞いてみるしかなかったからだ。

「あッ、聞きましたよぉ～」

薫子は明るい声で、微笑んでいる。

「すごいですよね～愛里先輩って」

「す、すごいって……？」

噂が広まっていることがすごいのだろうか、それとも彼女がマンガが描けることがすごいのだろうか、と辰也は答えに困ったのだが、薫子が続けて、

「ほんとすごいですよ。出版社の人が直々に愛里先輩に会いに来るなんて」

と大きく頷《うなず》いているので、

「えッ!?　それ、なんのこと？」

と辰也は問い返していた。

「なんのこと、って……、先輩、知らなかったんですか」

薫子は目を見開いて、不思議そうに首を傾げ、そして事の次第を説明してくれた。

昨日愛里が速達で応募したマンガの原稿を見て、出版社の編集さんがわざわざ学校まで駆けつけてきた、というのだ。

「学校の応接室にその編集さんが昼休み過ぎに、来たんですよ。うちのクラスが今日応接室の掃除当番だったんで、愛里先輩の話をしていたって情報、広まってましたよ」

薫子は自分までがうれしそうにしている。

「よかったですよね。愛里先輩、すごい才能があるからすぐにでもデビューさせたい、って編集さんが言ってたらしいですよ」

恋のライバルに栄誉がもたらされたというのに、薫子は心から喜んでいる。

彼女の性格の良さに秘かに感動しながらも、辰也は愛里のことを想っていた。

愛里がマンガを描いているということが広まったのは、彼女を訪ねて出版社の編集さんが学園にやってきたからなのであった。

……しかも、デビューさせたい、なんて言われるほどに、評価されているらしい。

だとしたら、ものすごくめでたいことなのに……。

愛里は、泣きながら「お喋り男ッ！」などと言って、辰也をなじってきた。

つまり……。

何が自分自身に起きたのか、愛里はわかっていないのである。

「大変だ！　愛里に知らせなくちゃ」

「えッ」

今度は薫子が目を剝《む》いた。

「愛里先輩、知らないんですか？」

「うん」

「それなら、先輩、早く教えてあげなくちゃ」

薫子は素直にそう言って、つん、と辰也の背を押した。

「愛里先輩、きっと、喜びますよ……」

少し淋しそうに、だけど、温かく、薫子は辰也を送り出している。

「……先輩、愛里先輩のこと、いつも気にかけてますよね。なんだか、すごく羨ましい」

「俺が？　愛里を？」

先程も亜季帆に「愛里が一番なのね」などと言われたが、どうやら薫子もそう思っているらしい。彼女達にはそう見えるのかな、と辰也は苦笑した。

「見てれば、わかりますよ。なんだかお似合いですもん……」

薫子はすでにあきらめの境地に達しているのか、辰也に手を振っている。

「さ、先輩、早く行ってあげて……」

自分自身の気持ちはまだはっきりしていないというのに、亜季帆にも薫子にも、逆に後押しをされる始末だった。

（俺……本当に、愛里のことを……？）

正直言って、愛里のことを好きなんだろう、と指摘されるとそんな気もするが、そうでないような気もする。

幼いころからずっと側《そば》にいたせいなのか、彼女との間には、激しい恋愛感情もない。けれど……。

今日、思いきり平手打ちをされて絶交を言い渡されてしまった時、パニックになりかけたことは事実だった。

いつも側にいた愛里がいなくなったら、どうしよう、自分はちゃんとやっていけるんだろうか、など、不安にもなった。

正直に言って、愛里がいなくなるのはいやだ、どうにかして彼女と仲直りしなくては、と思ったほどである。

いつも適当に生きてきて、何もかも流れるがままでいい加減に過ごしていた辰也にとって、ここまで強く人との絆《きずな》を求めたことは、初めてかもしれなかった。

それを恋……と呼ぶとしたら、ひょっとしたら、そうなのかもしれない、と辰也は今更ながら感じていた。

なにしろ、誰かに本気になったことなんて、辰也は今までなかったのだ。

いいな、と思った女の子は何人もいたが、自分からアタックすることもなく、適当な理由をつけてあきらめてしまっていた。

だから、こうして今、愛里の家に向かい「絶交を取り消してくれッ」なんて頼み込もうとしている自分が、辰也は照れ臭くもあった。

泣きだして飛び出していった薫子を探す時とは、何かが違っていた。深い愛着を愛里に感じている。

(これが好きって、こと、なのかな……)

そう思いながら、辰也は自宅のドアを開けた。

愛里がそこにいるような気がしたし、いなかったら、隣の家に愛里を呼び出しに行けばいいだけだったからだ。

ドアの鍵はかかっていたし、開けてみても、いつものように玄関の隅に小さなローファーが揃《そろ》えられてもいなかった。

愛里は来ていないのか……、と、少しがっくりきて、辰也はため息をついた。

彼女の家に出向くのは、少し緊張する。

まだ泣きじゃくっていたりしたら、家の人になんと説明したらいいのかわからないし、気が重かったのだ。

だが、行かなくてはならない、と辰也は思い直した。

なにより、編集の人が来ていたのだ、というニュースを、一刻も早く伝えて、彼女を喜ばせてあげたかったからだ。

辰也が振り向いてドアを開けようと手を伸ばした時、外から扉が開かれた。

目の前には、泣きはらした目の、愛里が立っていた。

3

「……たっちゃん……」

震える声を、愛里が発している。

「たっちゃん、ごめん……」

そう言ったかと思うと、力が抜けたかのように、へなへなと玄関ホールに座り込んでしまっている。

「あのね、さっき家に、出版社から電話があってね……」

愛里は噛《か》みしめるように、ゆっくりと、語り出す。

「私……デビューさせてもらえるみたい。なんかね、すごく気に入ってもらえたの。それで、編集さんが、さっき学校に来てくれてたんだって……」

本当は薫子に聞いてそのニュースを知っていた辰也だったが、あえて、今、初めて聞いたフリをしてあげた。

「ほんとか？　すごいじゃん」

「うん……すごい……ッ」

じわじわとうれしさがこみ上げてきたのか、やっと、愛里は笑顔を見せた。

「だけど……ごめんね。あたしったら、たっちゃんが噂バラまいてたんじゃないかって思ってたから……」

愛里は肩を小さくすぼめた。そして、そろそろと立ち上がり、辰也の頬を撫《な》でてくる。

「うわ……ちょっと赤くなっちゃってる……。ごめんね、ごめんね。あたし、どうしよう」

愛おしそうに、申し訳なさそうに、目を潤ませながら、愛里が頬を撫で続けている。

「あたしが早とちりしたばっかりに……ほんとに、ごめん……」

彼女の瞳からぽろり、と涙がこぼれてくる。

「何、泣いてんだよ」

「ごめん……さっきからあたし、泣いてばかり……」

愛里が鼻をくすん、とすすった。

「たっちゃんに怒って泣いて、それからデビューできるって言われて泣いて、また今、たっちゃんにごめんねって言いながら泣いて……。もう、今日はすごい一日」

「もうあやまらなくていいよ」

辰也は愛里の肩をぽん、と叩《たた》いた。

「そのマンガ、俺も手伝ったんだしさ、デビューできて、良かったよ。ほんと」

「うん……うん」

何度も頷いて、それでも、

「ほんっとに、ごめんね」

と呟きながら、愛里は辰也の胸に顔を埋め、また、少しだけ泣いている。

「愛里……」

「……ん？」

顔を上げた彼女は、目はぐちょぐちょに潤んでいたし、まぶたは腫《は》れていたし、なんだか笑ってしまうくらい可愛らしくて、辰也はたまらず、口づけていた。

ぷにゅ、と柔らかな感触に触れる。

三秒くらいおいてから、辰也はそっと唇を放した。

「……たっちゃん……」

愛里の目尻《めじり》からまたぽろり、と涙が伝わってきている。

「今日はお詫《わ》びに、たっちゃんが食べたいもの、作ってあげる。何にしようか」

泣き笑いしている彼女を、辰也は強く抱きしめ、

「……愛里を食べたい」

などと、ちょっとクサいセリフを言ってしまっていた。

「あ、あ、あたし……!?」

そのセリフの意味が「エッチしたい」ということだと愛里にも伝わったらしく、彼女は顔を真っ赤にしている。

「そ、そんなぁ……」

「だめなの？」

「だ、だめじゃないけど……」

突然の辰也の申し出に、愛里は制服姿で腰をくねらせている。

「なんだよ、今までさんざん自分から誘惑してきたくせに……」

辰也は苦笑した。

裸にエプロンをしたり、バスルームでおっぱい洗いをしてきたり、はたまた辰也の前で無防備に寝顔を晒《さら》したり、と愛里はエッチさ丸出しで辰也にアタックし続けていたのだ。

何をいまさら恥ずかしがっているのだろう……と思いながら、辰也は、

「来いよ」

と愛里の手を引いて、自分の部屋に連れ込んだ。

「あん……たっちゃん……」

ベッドに彼女を押し倒し、制服をめくりあげようとしたところで、

「やだ……ちょっと待ってぇ……」

と愛里が制してくる。

「あたし……初めてなんだから……」

辰也の真意を探るかのように、

「どうしてあたしと、したいの？　静原さんや薫子ちゃんともエッチ、してるの？」

と鋭いところを突いてくる。

はい、彼女達のヴァージンもいただきました、なんて言えるわけがないからそこはさりげなく聞こえないフリをしながら、辰也は、

「愛里が好きなんだ」

と肝心のセリフだけを告げてあげた。

「あたし……を……？」

「そう、愛里だけが好き」

少し恥ずかしかったが、辰也は自分の気持ちを確認する意味でも、そう口に出してみた。

彼女と仲直りができた時、あまりのうれしさでペニスはむっくり起きあがるし、胸もジンとした。彼女はかけがえのない存在なのだ、と改めて知らされたのだ。

「愛里が俺の彼女だよ」

辰也はそう言いながらちゅ、とキスをしてあげた。

「……たっちゃん。あたし、うれしい」

また、愛里が泣いている。

今度は、うれし泣きだ。

彼女の目にキスをすると、しょっぱい涙の味がした。

次いで首筋やうなじにキスをしながら、辰也はスカートもブラウスも、脱がしていく。

退院した時は童貞だったのに、自分自身、随分と女の子の扱いが上手くなった気がしていた。

「ああ……たっちゃん……」

パステルピンクのブラジャーも、同じ色の木綿のパンティーも剥《は》がされ、愛里は全裸で震えながら、

「たっちゃんも、脱いで……あたしだけじゃ、やだ……」

とせがんでいる。辰也は頷いて衣類を床に落とすと、愛里の上に被さった。

ぷりんぷりんとその実を震わせている乳房を揉みしだくと、

「あふぅ……ン」

と、彼女が喘ぎだす。そして、

「ずっと……このままでいたい。たっちゃんと生まれたまんまの姿で、抱き合っていたい」

と小さな声で、恥ずかしそうに告げてきた。

「俺も……」

辰也もそう頷いて、愛里を抱きしめた。

愛里とこうして全裸で抱き合うのは、初めてのことだったが、妙にしっくりくる。

今までいろいろとエッチな接触はあったが、こんな風にじっくり、ベッドの上で落ち着いて愛を交わしたことはなかったのだ。

改めて、女の子の身体の柔らかさや、温かさに感動したが、辰也が感じたのは、それだけではなかった。

今まで（愛里には言えないが）、知沙、亜季帆、薫子の三人の肌と重なってきた。

どの子の身体も、同じように柔らかくて温かかったのに、愛里のが一番、肌に合う気がしたのだ。

探していたジグソーパズルがぴったり合うような、そんな感覚が辰也の芯《しん》から湧き起こってくる。

オスたるもの、もちろん、彼女のアソコの中にいきりたったモノを入れたいのが本音ではあるが、愛里とは、本当にただ抱き合うだけで、何かが満ち足りていく。

ただ愛里とふたりで、何も身につけずに過ごしているだけで、時間があっというまに過ぎていくような気がしていた。

とはいうものの……自分の真下でくにゅ、ぷにゅ、と彼女の大きめのバストが押し潰されているのを見ると、そんなロマンティックな感情は瞬時に消え去り、結局、オスの部分が前面に出てきた。

そして、ぐにゅ、ぐにゅ、と愛里の乳房を少し乱暴に、揉んでいく。

辰也の指の間から、彼女のおっぱいが溢れ出してくる。

「あぅ……ッ、たっちゃん……ッ！」

愛里は甘い甘い声を出しながら、辰也の髪を撫でてくる。

照れ臭いのと、関心が下半身に向かっているのとで、辰也は頭をどんどん下げ、縦長の可愛いおヘソや、ふんわり生えた薄めのヘアに頬をすりつけていく。

そして、むっちりと程良くお肉がついている太腿を開いていく。

「ああ……ぁ」

彼女が低く呻《うめ》き、ぷるっと腰を震わせる。

明るい部屋の中、彼女の恥ずかしい部分は、くっきりと辰也の瞳に入ってきていた。

割れ目の中のサーモンピンクの襞、少しだけ開いている蜜芯は、彼女の興奮の度合いを正直に告げてきている。

そして、先端に付いている可愛いおマメはぷくっと丸く勃起している。

愛里の秘部は少しふっくらと肉が盛り上がっているような感じで、入れ心地がひどく良さそうな感じだった。紅くなっている淫肉も、火照っていて、温かそうである。

「たっちゃんに見られているって思うと……アソコが濡れちゃうの……」

愛里は恥ずかしそうに腰を揺すった。

陰唇から、とろり、と蜜が垂れてきている。

この間も汐《しお》を吹いたし、彼女はひどく濡れやすい体質のようだった。

辰也は愛おしくなって、女泉に口をつけた。

そして、ちゅう、と美味《おい》しいジュースを飲むかのように、啜《すす》りあげてみる。

「はあぁ……ッ、いやん……ッ！　飲まないでッ」

顔をしかめ、愛里は腰を引こうとしたが、辰也はしっかりとヒップを押さえつけ、さらにずずずッ、と味わってみる。

愛里の淫液からは、ほんの少し甘酸っぱいような味がしてくる。

とろみと絡まって妙においしかったので、何度もべろべろと蜜壺に舌を突っ込んで漁っていると、

「やだ、やだぁ……はあぁ、あああぁ……ッ！」

だんだん、愛里が感じてきている。

感じれば感じるほど、とろみはまた溢れ、辰也はすかさずそれを啜った。

「あ、はぁあ……ッ！」

じゅるる、といやらしい音を立てながら蜜を吸い出すと、愛里が泣きそうな声で、

「だめぇ……ッ、もうダメになっちゃう……」

と辰也の頭を押さえつけてくる。

「じゃあ、もう、やめる？」

辰也はわざと意地悪く唇を放し、しばらく愛里を放っておいた。

「あ……あぁん……ッ」

愛里は太腿を開いたまま、もじ、もじ、としている。

ヴァージンなのだから、こうしてほしい、などと自分で言える度胸はないのだ。

辰也はしばらく彼女の疼《うず》きを眺めて愉《たの》しんだ後で、

「それとも、入れてみる？」

と尋ねてみた。

「入るかな……入るんなら……いいよ……入れてみて……」

上目づかいで、愛里が微かに頷いている。

「でも……入るのかな……」

辰也の股間にそびえている肉塔を見て、少し不安そうにしているので、

「痛かったら言って。やれるだけやってみよう」

と辰也は優しく囁いた。

そして、ピンクの繊細な花びらを少し指で拡げ、ぐりゅ、と尖端を突っ込んでみる。

蛇頭はうねりながら、彼女の狭い蜜道を進んでいき、たっぷりと淫液にまみれていく。

「あ……ッ、あ、あ、あ！」

じりじりと開いていく蕾《つぼみ》に、愛里は苦しそうに呻いている。

痛いのかもしれないが、辰也はわざと何も問わず、ゆっくり、ゆっくりと進んでいった。

少し行っては休み、また少し押しては時間をあけていくうちに、ついに根元までずっぷりと男根が入り込んだ。

「全部入ったよ……」

そう伝えると、愛里は照れ臭そうに、

「あたしたち、ひとつ……になったんだね……」

とぽつん、とつぶやいた。

「そうだよ、ほら」

辰也はそう言うと、少しだけピストンをしてみせた。

「あうぅ……ン」

通じたばかりの淫襞がこすれるせいか、愛里は痛そうに顔を顰《しか》めている。

「大丈夫か？」

「……平気。すぐ……慣れる……」

処女膜を破った、とはっきりわかるような衝撃はほとんどなかったが、やはり破れたのだろう。最初に挿れた時には、女芯の壁という壁がぴんと張り詰めているような緊張感があったが、こうして腰を動かしてみると、それがだんだんなくなっていくのがわかる。

少しだけ、ほんの少しだけ、と思っていたのに、いざ動かしてみるとひどく気持ちが良くて、愛里のヴァギナとこすり合わせ続けたくて、彼女の痛みも考えずに、辰也は腰をぐいぐいと動かし続けてしまっていた。

「あぅ……う、はあぁ、たっちゃん……ッ！」

せつなく、高い叫び声が彼女の口から漏れている。

「すごい、すごい、すごい、たっちゃん……ッ！」

ピストンをするたびに、愛里の蜜芯から、くっちゅくっちゅくっちゅ、と濡れた音が響いてきている。

「ああん、あ、ああんッ！」

大きく開かれた腿の付け根に、愛里が目をやる。

濡れた肉の棒が、盛んに出入りしているのを見て、

「いやッ、ああ……ン、いや……」

と羞じらっている。

愛里が両手を辰也に向かって差し伸べてきた。

抱きつこうとしているのだが、少し距離が遠くて、辰也の背にまで手が回らない。

「愛里……」

　彼女の気持ちを受け止めたくて、辰也も両手を出し、彼女と手を繋いだ。

　指と指を絡み合わせ、しっか、と白い指を握る。

　そして、ずぅん、ずぅん、と上から下へ、と彼女の股間に向けて、肉刀を振り下ろす。

「あああぁッ、あ、あ、たっちゃん、ぁ、あたし……ッ！」

　愛里の指に力が入った。

　彼女の顔がぼうっとピンクに染まる。身体全体も桃色になったと思った途端、

「あううぅん、あ、はぁあんッ！」

　叫び声と共に、彼女の淫襞がくにゅにゅ、と締まり、肉茎を取り囲んでくる。

　まろやかな、それでいて淫らな蠢きは、辰也の精を吸い出していく。

「愛里……」

「たっちゃん……」

二人は固く手を握り合いながら、天辺へと昇っていった。

ぶるる、と繋がっている部分が震えたのは、辰也のペニスの振動なのか、それとも愛里の蜜芯のひくつきなのか、またはその、両方なのかもしれなかった。

言葉に出せない満足感が辰也の身体と心に広がっていった。

愛里をしっかりと抱きしめながら、辰也は初めて女の子と心と心が通い合ったような、そんな感動を味わっていた。

エピローグ

ピンポン、ピンポンポン！

朝に毎日このけたたましいチャイムの音を聞くようになって、もう二週間以上が経《た》つ。

無事に両親もハワイから戻り、今まで通りの家族生活を営んでいる辰也のたったひとつ変わった点が、このチャイムだった。

「たっちゃ〜ん、学校、行くよッ!?」

愛里がぶんぶん、と二つのお弁当箱を振り回して玄関に立っている。

毎日この時間に来る、とわかっているのに、辰也はいつも、支度ができていない。パンをくわえながら、だらしなくズボンから出ているシャツを中に入れ、ベルトを締める。

そして、愛里に、

「んもう、早くしないと遅刻しちゃうよー」

と、怒られるのも、毎日のことだった。

二人が公然と一緒に登校し、昼御飯も共に食べるようになってしばらく経つ。

皆の間では「辰也もついに年貢の納め時か」とか「やっぱり愛里とくっついたな」などと、いろいろ囁《ささや》かれているらしい。

平凡な辰也が突如として三人の女生徒に追い回されるようになった光景は、周囲にもかなりの驚きと好奇心を与えていたのだろう。

「落ち着いてよかったな」

などと、知らない人からも声をかけられるので、辰也は照れまくっていた。

こんなにモテる時なんて、ひょっとしたら二度と来ないかもしれない、と辰也自身は考えていた。

また入院でもしたら別かもしれないが……。

だが、その時は、すでに〝彼女〟となった愛里が、コワーい顔をしてお見舞いに来る女の子達を追い返してしまうかもしれないから、こんな事態にはならないかもしれない……。

実際、愛里はしっかり者で、よくできた彼女だった。

毎日の登校や弁当の世話はもちろん、下校時も一緒に帰り、宿題は一緒にやるし、時には母が留守の時は夕食まで作ってくれる。

母からの評判もすこぶる良く、

「愛里ちゃんが辰也と付き合ってくれて、本当に助かるわあ〜」

などと歓迎されている始末だ。愛里も、

「まかせてください。私と付き合ったからには、きっと成績だって上がるはずですッ！」

などとすっかり世話女房気取りである。

しばらくは、彼女に引きずられるようにして、付き合い続けていくんだろうな、なんて、思っていたのだが……。

学校に着き、廊下を歩いているところで、にゅッ、とハンカチにくるまった箱が目の前に現れた。

「ハイッ、先輩ッ！」

見ると、薫子がニッコニコしながら、弁当を差し出している。

「たまには私のお弁当も食べてくださいよね」

などと言っている。

受け取っていいものかどうか、おそるおそる隣の愛里の顔を窺《うかが》うと、

「薫子ちゃ～ん、たっちゃんの彼女はあたしなのよ。その彼女のあたしが、お弁当を作っているから、御心配は御無用よ」

と、デーン、と構えている。

さすが、彼女の風格……と思わず辰也も感心したが、薫子も負けじと、

「でもぉ、たまには彼女以外の味も食べたくなるんじゃないかと思うんです。せっかく作ったんだし。良かったらお二人で、どうぞッ！」

と愛里に向かってずい、と差し出してきた。

「……」

二人がにらみ合っているところに、今度は、ノートをすッと出してこられた。

亜季帆が、授業のノートを貸してくれているのだ。

「いくら彼女ができたからといっても、やっぱり勉強は私が教えたほうが、矢島君のため

になると思うわ」

　成績トップクラスの自信からだろう。亜季帆はしっかと胸を張っている。

「静原さんみたいにアメリカの大統領を狙《ねら》っているわけじゃないし、たっちゃんは、あたしと同じランクの大学に進学できれば、もう、それで充分だもの」

　愛里はそう言い返したのだが、

「あら、男の可能性をそうやって封じ込めるのは、よくないわ」

　亜季帆は冷笑し、辰也に向かって、

「テスト前には私と一緒に勉強しましょうね！」

と誘ってきている。

「……」

　なんと返事をしていいのか辰也が考えあぐねていると、

「あッ、いたいた！　辰也くぅ～ん」

という声が後ろからする。

　振り向くと、ナース姿の知沙が、にこやかに近づいてきていた。

「ど、どうしたんですか、知沙さん」

「うふ。今日は予防接種の日だから、辰也くんの学園に派遣されてきたのよ」

　知沙は眩《まぶ》しそうに辰也を見つめている。

「こうやって制服姿で学生していると、やっぱり辰也くんって若いわね……。私なんて、おばさんだし、とても相手にならない……わよね」

憧れの知沙が、こんな風に未練めいた口をきいてきたので、辰也は反射的に、

「知沙さんはおばさんなんかじゃないですよ。全然トシの差なんて、感じません」

などと口走ってしまっていた。

「……」

冷たい冷たい視線が、愛里から辰也に投げつけられ、辰也の背中に冷たい汗がどっと溢《あふ》れた。

だが、知沙はそれに気づかず、頬《ほお》を紅潮させながら、

「辰也くん……私、辰也くんのこと、忘れられなくて……」

と、いきなり告白モードに入ろうとしている。

久しぶりに会えたうれしさで、知沙は他の三人の女生徒も目に入らなくなっているらしく、ただ、じっと、辰也を見つめてきている。

場に流れる緊迫したムードを破ったのは、やはり、愛里だった。

「ちょ、ちょ〜ッと、待ってくださいッ！　たっちゃんには、もう、あたしっていう彼女がいるんですからッ！」

知沙と辰也の間に割り込み、愛里はきっぱりと言ってのけた。

「あら……そ、そうなの……？」

少し残念そうに知沙が辰也の顔を見た。

一ヶ月ほど前に、知沙に「付き合ってください」と申し込んでいるので、変わり身が早い、と思われただろうな、と辰也は身を縮めた。

だが、知沙は大人《おとな》の落ち着きをここでみせた。

「でも……付き合っているといっても、結婚すると決まったわけでもないんだし。好意を伝えるくらい、しても……いいわよ、ね？　辰也くん」

と、辰也に話題を振ってきた。

「そ、そりゃ……その……うれしいですけど……」

知沙は憧れの人なので、辰也はつい、そう答えてしまった。

「もうッ、たっちゃんたらッ！」

愛里がぎゅ、と辰也の腕をつねる。

だが、もう、言ってしまったセリフは消すことはできない。

亜季帆も薫子も、辰也の方へとうれしそうに、近づいてきている。

「そうですよね……先輩のこと、無理にあきらめることはないんですよね……」

「もしかしたら、すぐ別れるかもしれないんだしね……」

辰也の顔から血の気が引いた。

せっかく愛里と交際するということで、あきらめてくれていた亜季帆と薫子の想いまで、再燃させてしまったようだからだ。

「もぉ〜ッ、たっちゃんの、バカッ！」

愛里は辰也の腕を掴《つか》むと、下駄箱の方へと駆けだした。

始業のチャイムが鳴っているが、そんなことにはお構いなしに、愛里は外へと辰也を引っ張っていく。

「お、おい、どこ行くんだよ」

「デート！」

「デートって……どこにだよ」

愛里はそれには答えず、どんどん走り、コンビニの前にあるプリクラ機の前で止まった。

「彼女になれたら、絶対コレ、撮りたかったんだ」

コインを入れると、愛里はうれしそうに腕を辰也に巻きつけ、ぎゅ、とくっついてきた。

「私が好きになった人なんだもん、モテるのも当たり前かもしれないけど……」

フラッシュが光り、現像を待つまでの間に、愛里がつぶやきかけてきた。

「あたし……ずっとたっちゃんの恋人でいたいから、これからもいっぱい尽くしてあげちゃうからねッ！」

可愛《かわい》いことをいう愛里の手を、辰也は優しく握った。

最愛の恋人が、辰也を見上げて、照れ笑いを返してくる。

かつん、という音がして、シールが現像されてきた。幸せそうに微笑《ほほえ》み合うカップルの姿が、そこにあった。

また学校に戻れば騒動が待っているのかもしれなかったが、今のこの穏やかな幸せを忘れまい、と辰也はその写真を大切に取り出した。

あとがき

みなさまお元気ですか？　内藤みかでございます。

昨年三月出版の『ｓｏｎｎｅｔ』以来、一年以上ぶりのパラダイムノベルス登場なので、私のことなど、もう忘れてしまった方も多いのではないでしょうか（くすん）。

でもでもこの長いブランクをものともしない、ハートフルな作品を書いてしまいました。きっと、お手にとって、ぱらぱらとめくった後は、ゆっくりと書店のレジにまでお進みくださったことと思います（お買いあげ、ありがとうございます☆）。

さてこの『尽くしてあげちゃう』なんですが、一人の男の子を巡り、女の子達が争っちゃう、というストーリーです。男の子の取り合いっていうのは、コミカルに書けちゃう話ですけども、登場人物の女の子達って、

「彼は私に振り向いてくれるかしら」

「ライバルは彼にどんなアタックをしているのかしら」

って、いつも気にしていると思うんです。ただの片思いと違って強敵多数なわけだから、かなり神経を使っていて大変だろうな、なんて書きながら同情しちゃってました。

だけどやっぱアレですよね、ライバルがいると焦っちゃって、女の子って、結構大胆な行動になるんですよね。こんなのゲームだからでしょ、実際にはそんなオイシイ話なんて

ないでしょ、なんて言ってるアナタはまだまだ甘いッ。女の子ってヤるときゃ、ヤるもんなんですよ。恋をゲットするためなら手段は選ばない……なんて気持ちになる時だって、あるんだから。

今回は、幼なじみの愛里、委員長の亜季帆、バイト先の薫子がバトルを繰り広げて、あられもない格好までして必死に気を引いてましたよね。私は彼女達の気持ちがよーくわかります。私自身は今、そこまでして獲得したいイイ男が周りにいないんで、うらやましいくらいですね(苦笑)。

彼女らの底辺に流れているのは『私だけが知っている彼の姿』なんですよね。

愛里に言わせれば『たっちゃんが子供だった時の頃からあたしはずーっとずっと、彼のことを知ってるんだからッ!』って、二人の歴史を心の中で大事にしていると思いますし、亜季帆の立場からしてみれば『矢島くんの未知なる可能性に気づいているのは私だけなのよ』というプライドがあるでしょうし、薫子からしてみれば『バイトで素敵な汗をかいている先輩の姿を私だけが見つめていたんですぅ』的なロマンチシズムを抱えちゃってるんだろうし。ま、乙女心の強烈な思い込みがぶつかり合っちゃって今回のようなお話ができちゃったわけですよね。みんな、よく頑張った、ってことで、惜しくも破れた(?)女の子達にもどうぞ皆様、温かい拍手をお願いいたしますネ!

予定が詰まっちゃって、アヒアヒしていた私を叱咤激励してくださったパラダイムの久保田さまを始めとする、この本に関わってくださった多くの方々に心から感謝致します。
そしてそして、皆の想いがぎっちり詰まったこの本を買ってくださったあなたにも、ありがとう。お気に召してくださったらまたいつか内藤みかの本を手にとってくださいましね。

二〇〇〇年六月　夏間近！

内藤みか

尽くしてあげちゃう

2000年7月1日 初版第1刷発行
2002年9月20日 第4刷発行

著 者 内藤 みか
原 作 トラヴュランス
原 画 志水 直隆

発行人 久保田 裕
発行所 株式会社パラダイム
〒166-0011 東京都杉並区梅里2-40-19
ワールドビル202
TEL03-5306-6921 FAX03-5306-6923

装 丁 林 雅之
印 刷 株式会社秀英

既刊ラインナップ

定価 各860円+税

1 悪夢～青い果実の散花～
2 脅迫
3 痕～きずあと～
4 慾～むさぼり～
5 黒の断章
6 淫従の堕天使
7 Esの方程式
8 歪み
9 悪夢 第二章
10 瑠璃色の雪
11 官能教習
12 復讐
13 淫Days
14 お兄ちゃんへ
15 緊縛の館
16 密猟区
17 淫内感染
18 月光獣
19 告白
20 Xchange
21 虜2
22 飼
23 迷子の気持ち
24 ナチュラル～身も心も～
25 放課後はフィアンセ
26 骸～メスを狙う顎～
27 朧月都市
28 Shift!
29 いまじねぃしょんLOVE
30 ナチュラル～アナザーストーリー～
31 キミにSteady
32 ディヴァイデッド
33 紅い瞳のセラフ
34 MIND
35 錬金術の娘
36 凌辱～好きですか？～
37 My dearアレながおじさん
38 狂＊師～ねらわれた制服～
39 UP!
40 魔薬
41 臨界点
42 絶望～青い果実の散花～
43 美しき獲物たちの学園 明日菜編
44 淫内感染～真夜中のナースコール～
45 MyGirl
46 面会謝絶
47 偽善
48 美しき獲物たちの学園 由利香編
49 せ・ん・せ・い
50 sonnet～心かさねて～
51 リトルMyメイド
52 flowers～ココロノハナ～
53 サナトリウム
54 はるあきふゆにないじかん
55 プレシャスLOVE
56 ときめきCheck in!
57 散櫻～禁断の血族～
58 Kanon～雪の少女～
59 セデュース～誘惑～
60 RISE
61 虚像庭園～少女の散る場所～
62 終末の過ごし方
63 略奪～緊縛の館 完結編～
64 Touchme～恋のおくすり～
65 淫内感染2
66 加奈～いもうと～
67 PILE・DRIVER
68 Lipstick Adv.EX
69 Fresh!
70 脅迫～終わらない明日～
71 うつせみ
72 Xchange2
73 M.E.M.～汚された純潔～
74 Fu・shi・da・ra
75 絶望～第二章～
76 Kanon～笑顔の向こう側に～
77 ツグナヒ
78 ねがい
79 アルバムの中の微笑み
80 ハーレムレーサー
81 絶望～第三章～
82 淫内感染2～鳴り止まぬナースコール～
83 螺旋回廊
84 Kanon～少女の檻～
85 夜勤病棟
86 使用済～CONDOM～
87 真・瑠璃色の雪～ふりむけば隣に～
88 Treating 2U
89 尽くしてあげちゃう
90 Kanon～the fox and the grapes～
91 もう好きにしてください
92 同心～三姉妹のエチュード～
93 あめいろの季節
94 Kanon～日溜まりの街～
95 贖罪の教室
96 ナチュラル2 DUO 兄さまのそばに
97 帝都のユリ
98 Aries
99 LoveMate～恋のリハーサル～
100 恋ごころ
101 プリンセスメモリー
102 ぺろぺろCandy2 Lovely Angels
103 夜勤病棟～堕天使たちの集中治療～
104 尽くしてあげちゃう2
105 悪戯Ⅲ
106 使用中～W.C.～
107 せ・ん・せ・い2
108 ナチュラル2 DUO お兄ちゃんとの絆
109 特別授業
110 Bible Black
111 星空ぷらねっと
112 銀色
113 奴隷市場
114 淫内感染～午前3時の手術室～
115 懲らしめ 狂育的指導
116 傀儡の教室
117 インファンタリア
118 夜勤病棟～特別盤 裏カルテ閲覧～
119 姉妹妻
120 ナチュラルZero+
121 看護しちゃうぞ
122 みずいろ
123 椿色のプリジオーネ
124 恋愛CHU! 彼女の秘密はオトコのコ？

PARADIGM NOVELS シリーズ情報！

Kanon
ーカノンー

雪降る街の、
5つの
ラブストーリー

〈パラダイムノベルス新刊予定〉

☆話題の作品がぞくぞく登場！

9月

156. Milkyway《ミルキーウェイ》

Witch　原作
島津出水　著

　怠惰な生活を送る健治は大学受験に失敗し、両親の経営する喫茶店を継がされることになった。しかし店は流行らない。何とか客を呼ぶために、幼なじみの倫がウェイトレスにコスプレさせることを提案する！

160. Silvern《シルヴァーン》
～銀の月、迷いの森～

g-clef　原作
布施はるか　著

　就職浪人中のジェインは書類の間違いにより、一週間だけ神官学校の女子寮で管理人をすることになった。そこで初恋の少女・アヤと再会するが、なぜだか冷たい態度をとられ…。

9月

161. エルフィーナ
～淫夜の王宮編～

アイル　原作
清水マリコ　著

フィール公国は平穏で美しい小国だった。しかし隣国ヴァルドランドに武力制圧され、男は捕虜として連行、女は奉仕を強制された。「白の至宝」と名高いエルフィーナ姫も例外ではなく…。

167. ひまわりの咲くまち

フェアリーテール　原作
村上早紀　原作

英一は祖父が旅行へ行くため、彼が経営している銭湯「恋之湯」を任されることに。幼なじみで銭湯を切り盛りする祭里を始め、恋之湯に下宿する個性的な5人の美少女たちとの楽しい同居生活が始まった！

パラダイム・ホームページ
のお知らせ

http://www.parabook.co.jp

■新刊情報■
■既刊リスト■
■通信販売■

パラダイムノベルス
の最新情報を掲載
しています。
ぜひ一度遊びに来て
ください！

既刊コーナーでは
今までに発売された、
100冊以上のシリーズ
全作品を紹介しています。

通信販売では
全国どこにでも送料無料で
お届けできます。

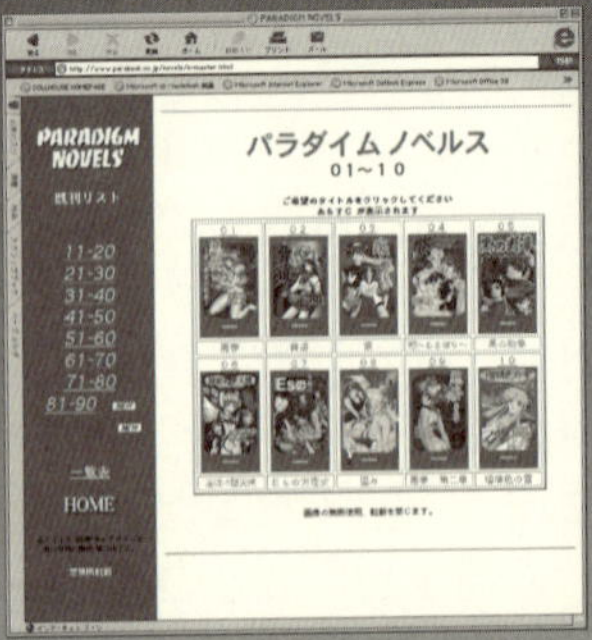

お問い合わせアドレス：info@parabook.co.jp